Renate Nottorf

Wo liegt eigentlich

Seetage?

Im Hier und Jetzt

LEBEN

Aus tiefstem Herzen

LIEBEN

So viel und so oft du kannst

LACHEN

Renate Nottorf

WO LIEGT EIGENTLICH SEETAGE ?

Ein autobiografisch inspirierter Roman

Bibliografische Information der Deutschen Nationalbibliothek:
Die Deutsche Nationalbibliothek verzeichnet diese Publikation
in der Deutschen Nationalbibliografie; detaillierte bibliografische
Daten sind im Internet über dnb.dnb.de abrufbar.

Herstellung und Verlag:
BoD - Books on Demand, Norderstedt

ISBN: 9 783756 219698

Jeder Tag des Lebens
ist ein besonderer, einzigartiger Tag.
Gehe einmal mit mir an den Seetagen durch
heitere, nicht immer ernst zu nehmende Episoden.
Laß dich entführen in die Geschichten,
die das Leben schreibt.
Reisen auf einem Kreuzfahrtschiff
Kaffeekränzchen auf dem Hausboot
Familienfeiern, die aus dem Ruder laufen
Enkel, die den Blutdruck boostern
Freunde, die eigentlich Feinde sind
sowie Meditationen:
schwimme mit Delfinen, gehe in einen Tempel,
spaziere am Südseestrand.
All das und mehr, wird neben weiteren, heiteren
Geschichten einmal durch ein Fernrohr näher
betrachtet und dann mit, oder auch ohne Rettungs-
ring über Bord geworfen.

Viel Spaß beim Lesen

...Du triffst in diesem Buch auf:

Zank alias Dieter, Ehemann, Meckerer, Rudelführer, kann auch ganz nett sein, seit 57 Jahren mein Begleiter.

Gawain, Sohn und notorischer Nörgler, seit 1976 trage ich seine Nabelschnur als Kette um den Hals.

Anna, Enkelin und Erzieherin ihres pubertierenden inneren Kindes

Lena, Enkelin mit Biß, hat Feingefühl fürs Grobe ist bodenständig

Theresia, Schwiegermutter mit Größe 32+ und einem Überseekoffer voll Lippenstifte

Gustav, verstorbener Schwiegervater, der grad von Wolke7 auf uns schaut und endlich mal lacht

Hansi, Witwer, nach Gustav nun Theresias Moderator, Sponsor und Putzhilfe

Julia, Fußpflegerin auf Partnersuche

Wiebke, schmarotzende Cousine

Volker, Wiebkes hochwichtiger Mann

Bernie, einäugig, der liebste Jack Russel Rüde

Lilli, Bettschläferin, die Muse von Bernie

Gismo, der Kater hat uns adoptiert

…und oder weitere Gestalten

Kapitel 1

Spieglein, Spieglein, in meiner Hand, ich bin die Ausgeschlafenste, hier auf der Bettkant. Jede Person, die besser aussieht als ich, ist jünger, oder geliftet. So beginne ich jeden meiner Tage. Wenn ich mich selbst nicht schön finde, wie kann ich es dann von Anderen erwarten. Mir gehen die meisten Menschen eh am Arsch vorbei, denn ich kann es nicht 7,8 Milliarden Menschen recht machen. Wichtig ist für mich, daß ich mir selbst alles recht mache und zufrieden bin. Wenn ich zufrieden durch den Tag gehe, kann ich Zufriedenheit verbreiten, das ist doch auch ein schöner Beitrag für die Allgemeinheit.

Der Spiegel in meiner Hand vibriert leicht und ich schaue nochmal hinein. Bin ich das wirklich? Vor vielen, vielen Jahren traf ich einmal eine sehr alte Fee im Wald. Sie zupfte ihre Hörgeräte zurecht und sagte dann zu mir: „Du bist aber ein hübsches, kleines Mädchen. Ich erfülle Dir 2 Wünsche, sage sie mir nun und sie werden später in Erfüllung gehen."

Mit großen Augen schaue ich die alte, faltige Frau mit den gelben, schon löchrigen Zähnen an und sage zu ihr: „Wenn ich einmal groß bin, möchte ich schöne Zähne und keine Falten haben." Sie nickt, fuchtelt mit ihrem Zauberstab vor meiner Nase herum und sagt: "Geht in Ordnung, wird so gemacht." Dann geht sie weiter, ich gehe nach Hause und vergesse die Angelegenheit. Nun sitze ich hier vor dem Spiegel und sehe mich mit schönen Falten, aber wenig Zähnen. Die Alte hatte ihre Hörgeräte wohl abgestellt und die Wünsche verwechselt. Egal, wenn man wenig Zähne hat, kann man sich auch nicht überall dran festbeißen. Schöne Falten sind außerdem halt die Landkarte meines Lebens.

Meine Katze Gismo und die beiden Jack Russell Terrier Bernie und Lilli lieben mich so, wie ich bin. Hauptsache der Fressnapf ist gefüllt, die Spaziergänge mit den Hunden sind ausgedehnt und der Kater wird stündlich gebürstet und geknuddelt. Schön ent-spannt gehe ich in diesen neuen Tag, den ich mir selbst gestalte und Einzigartig mache. Einzigartig bin ich selbst natürlich auch. Ich bin einzig und nicht immer artig. Dadurch kommt nie Langeweile auf in dieser, meiner Chaoten Familie. Im näheren Dunstkreis dieser Familie, leben neben mir, mein Ehemann der Dieter, alias Zank, Sohn Gawain und die Schwiegermutter Theresia. Alle sind zum Glück, grade mal außerhalb meines Blickfeldes. Die Arbeit auf meinem Schreibtisch in meiner Detektei, lasse ich heute morgen mal liegen. Die Terrier nörgeln an meinen Waden herum und möchten in die Baumschule, um sich eine Maus zu teilen. Gismo macht es sich derweil in den beiden Hundekörbchen gemütlich. Genüßlich legt er jeweils 2 Beine in eine Bettstelle und streckt seinen Schwanz wie einen Blitzableiter nach oben. Die Terrier bleiben bei dem Anblick auf Abstand, bis der Gott der Krallen die Betten wieder freigibt. Die Beiden schauen mich fragend an und Lilli hat bereits die Hundeleinen im Maul, während Bernie mit dem Schwanz wedelt. Hier muß ich einmal anmerken, daß mein Ehemann Zank in 51 Jahren Ehe nicht gelernt hat, mit dem Schwanz zu wedeln, wenn er mich sieht. Zank ist der alias Name meines Ehemannes Dieter. Den Zank bekam er auf einer virtuellen Geburtsurkunde von mir verliehen. Wir sind seit 51 Jahren verheiratet und täglich läuft bei uns die Seifenoper „Krieg und Frieden." Hunde sind halt die treueren und besseren Weggefährten, als alte Männer. Der alte Mann an meiner Seite verkrümelt sich drei mal wöchentlich ins Fitness Studio. Bei uns Zuhause ist die Stimmung ja meist in der Kloschüssel am fröhlichsten, wenn gekackt wird. Somit verpieselt mein Mann sich dorthin, wo andere Frauen ihn anhimmeln und toll finden. Die Damen sind fast allesamt alleinstehende Witwen und auf der Suche nach einem geeigneten Spender für eine Urlaubsreise, oder kulturelle Veranstaltungen. In meinem Bekanntenkreis ist auch eine 7 fache Witwe, die ihre Männer geliebt und gern beerbt hat. Ihre Hobbys sind übrigens, Pilze sammeln und daraus eine Suppe zu kochen. Strohwitwe hingegen spiele ich gerne mal und verreise alleine. Man will ja auch mal etwas Spaß im Leben haben. Damit meine ich keine anderen Männer, dann kann ich ja Zuhause bleiben. Spaß habe ich immer dann, wenn ich einfach mal ein paar Tage die Putzfrau, Köchin, Waschfrau, Mutter, Schwiegertochter, Tiersitter und was noch so in einer Ehe anliegt, vergessen kann. Die Rolle der Schwiegertochter ist mir nicht auf den Leib geschrieben. Jedenfalls nicht bei der Schwiegermutter, die meinen Weg mit mir durchs Leben läuft. Von Anfang an, bin ich nicht ihre Wunschkandidatin und sie hat wirklich ihr Bestes gegeben, unsere Ehe zu verhindern. Die Versuche sind alle gescheitert, jetzt habe ich sie an der Backe und überlege manchmal, die 7 fache Witwe nach dem Rezept für die Pilzsuppe zu fragen.

Es ist Sommer, Mitte Juli, also erstmal in die Baumschule, Sonne tanken und durchatmen. Die Terrier entwischen wie jeden Tag, hinter dem ersten Baum und ich pfeife mir die Seele aus dem Leib. Atemyoga ist damit nicht zu vergleichen, es wird eher eine Lachnummer draus. Die Terrier zeigen mir die Mittelkralle und von meiner einsetzenden, schlechten Laune, können 10 Teenager 1 Jahr lang pubertieren. Im Sonnenschein umarme ich erstmal einen dicken, krummen Baum und hole mir Kraft und Lebenshilfe. Die kann nur ein krummer Baum geben, denn der lebt sein Leben. Ein gerader Baum wächst heran zu einem Brett. Dann kann ich ja gleich Zuhause bleiben und mit dem Wohnzimmerschrank reden. Wie ich nun so dastehe, aufrecht und mit den Füßen nach Halt suchend wie eine Wurzel, schaue ich in den Himmel und ….. mein Handy klingelt penetrant.

„Wer stört?" grunze ich genervt in das Mikrofon. „Frisörin Malonka hier, sind Sie die Schwiegertochter von Frau Theresia N.?" flötet eine Stimme, mit polnischem Akzent aus dem Handy in mein Ohr.

„Leider ja," antworte ich lakonisch und frage: „Was ist denn los? Hat sie Blähungen durch das Haarfärbemittel bekommen, oder haben sich ihre Nasenhaare von selbst getrimmt?" „Viel Schlimmer ist alles, sie hatte vorhin einen Herzinfarkt und liegt nun im Notarzt Wagen vor dem Salon," kommt eine hektische Ansage in meine Ohrmuschel. „Sie sollen sofort herkommen. Ihre Mutter schreit im Krankenwagen, ist aber nicht bereit, Angaben zu machen, die der Notarzt ganz dringend benötigt."

Meine superschlauen Terrier haben mal wieder den 7. Sinn eingeschaltet und laufen ohne Anpfiff neben mir her, direkt zu meinem Smart Cabrio. Lilli springt auf den Beifahrersitz und Bernie legt sich auf das Armaturenbrett, um das Navigationsgerät zu machen. Zwei Minuten später halten wir vor Mutter Theresias Lieblings Schönmacherei in der Ortsmitte. Zwischenzeitlich stehen bereits an die hundert Zuschauer neben dem Krankenwagen und horchen auf die Schreie und Geräusche, die aus dem Fahrzeug nach außen dringen. „Hilfeeeee…ich sterbe, warum hilft mir keiner?" dringen messerspitze Schreie an mein Ohr und der Notarzt kommt mir aufgeregt entgegen.

„Wird auch Zeit, daß Sie kommen. Ihre Mutter liegt im Wagen. Sie hat einen schweren Herzinfarkt und muß sich auch übergeben, so schlecht geht es ihr," werde ich von dem aufgeregten Doktor empfangen. „Meine Mutter ist tot, das ist meine Schwiegermutter und sie hat ein sehr gesundes Herz," antworte ich dem besorgten Arzt und will die Tür zum Krankenwagen öffnen. „Da können Sie jetzt nicht hinein, mein Kollege gibt ihr gerade eine Infusion und versucht, ihre Mutter zu beruhigen," gibt er spitzfindig, etwas von Oben herab von sich. „Wie heißt der Hausarzt ihrer Mutter, sie ist nicht in der Lage uns das mitzuteilen und wir benötigen Infos aus der Krankenakte," fordert er nun mit etwas gemäßigter Stimmlage.

„Meine Schwiegermutter ist Hypochonder und war vor 3 Monaten zuletzt im städtischen Krankenhaus mit einem angeblichen Herzinfarkt. Alles wurde eingehend untersucht und auch ein Herzkatheder wurde gelegt. Diagnose: gesundes, altersbedingtes, gut funktionierendes Herz. Sie geht 4 x jährlich in die umliegenden Krankenhäuser, hat jedesmal irgend etwas Schlimmes, woran sie gerade stirbt," teile ich dem höchst ungläubig guckenden Arztmann mit. „Das glaube ich Ihnen nicht, hören Sie doch mal hin, was da gerade im Wagen abgeht," sagt er schnaufend zu mir und rollt seine Augen nach Oben. „Dann rufen Sie doch schnell mal im Krankenhaus an, hier sind die Daten des Hypochonders," überreiche ich dem blöd aus der Wäsche guckenden Arzt die Versichertenkarte meiner Schwiegermutter. Die habe ich immer im Portemonnaie, weil ich sie an den ersten Tagen des Quartals bei zig behandelnden Ärzten einlesen lasse. Theresia arbeitet dann nach und nach alle Ärzte ab, weil in den Wartezimmern so schöne, lesbare Mappen über die Königshäuser liegen. Der wenig sympathische Arzt nimmt den Zettel, steigt in den Krankenwagen und ruft sofort im Krankenhaus an. Da die Scheibe herunter gelassen ist, höre ich dann sein erstauntes:

„Ahaaa, Ohhho, Jaaaa, das ist ja wirklich sehr interessant, vielen Dank." Mit irgendwie schuldbewußter Miene, kommt er nun auf mich zu, entschuldigt sich bei mir und öffnet den Krankenwagen. Theresia stöhnt auf der Liege weiterhin sehr laut und gibt von sich, daß sie gleich stirbt, wenn sie keine Tabletten, oder wenigstens eine Spritze bekommt.

„Liebe Frau N., ich habe soeben mit dem städtischen Krankenhaus telefoniert. Sie waren vor 3 Monaten dort und laut der Diagnose haben Sie absolut kein Herzproblem," sagt der Arzt höflich, aber bestimmt und auch ein kleines bisschen genervt, zu der angeblich todkranken Theresia.

„Nanu, das ist ja interessant. Dann kann Frau Malonka ja jetzt meine Haare waschen, schneiden, färben und föhnen," sagt Theresia fröhlich, springt von der Liege, um sich dann noch in der Tür des Krankenwagens wie ein Model, im Bad der Menschenmenge zu sonnen. Die Friseurin Frau Malonka ist ziemlich sauer, läßt sich das aber nicht so anmerken, um ihre beste Kundin nicht zu verlieren. Immerhin ist Theresia mindestens 2 x wöchentlich im Salon, denn in Theresias Kreisen wäscht man sich die Haare nicht selbst. Frau Malonka flüstert mir zu: „Bringen Sie bitte ihre liebe Mutter sofort nach Hause, ich fahre heute Abend zu ihr und mache ihr die Haare. Jetzt muß ich meine anderen Termine einhalten. Das ganze Prozedere läuft hier ja schon weit über 2 Stunden."

„Okay, ich bringe meine Schwiegermutter, die alles Andere, aber bestimmt nicht lieb ist, nun nach Hause. Rufen Sie mich bitte nicht wieder an, wenn diese Frau so eine Nummer abzieht. Nächstes mal rufen Sie den Psychologen an, hier ist die Nummer für Ihre Kartei," sage ich zu der freundlichen Friseurmeisterin und ziehe die Schwiegermutter Theresia in den offenen Smart.

Bernie und Lilli schlecken sofort die völlig durchgeschwitzte, übel riechende Theresia von Oben bis Unten ab. Die Terrier und ich, fahren die ehemalige

Miss Phönix in ihr Schloss, wollen uns selbst aber nicht allzu lange dort aufhalten.

„Da war ja mal ordentlich was los heute beim Friseur," sagt Theresia im Hausflur zu mir. „Was hast Du denn da gemacht, Du schneidest doch Deine Haare immer selbst. Geh doch auch einmal zu Frau Malonka in den Salon, die kann Dich richtig hübsch machen," flötet sie noch wichtig hinter mir her, als ich schon wieder an der Haustüre bin.

„Hübsch bin ich von Natur aus, da brauche ich Deine Empfehlungen in keiner Weise. Ich wünsche Dir noch einen schöneren Tag, als ich ihn hatte und Du trinke mal bitte viel Wasser, sonst trocknet Dein Gehirn noch weiter ein," wünsche ich der Mutter meines Zank und fahre mit den Terriern nach Hause. Am Kaffeetisch im Garten, treffe ich auf meinen Ehemann, der im Sonnenschein eine riesige Portion Vanille Eis mit Sahne verzehrt.

„Bist du mit den beiden Terriern in der Baumschule gewesen, haben sie schön ihre Häufchen gemacht und Mäuse gejagt?" fragt mich eine eiskalte, vanillefarbene Stimme aus einer Kaffeewolke heraus.

„Wir waren alle Drei in unserem Revier. Die zwei Rabauken haben sich gerade in die Büsche geschlagen und ich habe meine Bäume begrüßt, da hat mich die Friseurin deiner Mutter Theresia angerufen. Deine Mutter spielte vorm Salon die Hauptrolle in einer Hypochonder Seifenoper und der Notarzt wollte mich als Übersetzer ihres Geschreis dabei haben. Du kennst ja ihre Shows, die sie 3-4 x jährlich abzieht. Ihre Hose klemmt, das bewirkt eine Panikattacke und ihr Blutdruck steigt auf 250. Ein Notarzt wird gerufen, sie kommt ins Krankenhaus und bleibt mindestens 1 Woche dort. Es kommt jedesmal zu einer Magenspiegelung, gerne im Anschluss daran eine Darmspiegelung. Sie legt im hohen Alter auch noch großen Wert auf eine gynäkologische Untersuchung," antworte ich leicht gereizt. „Da Dein Vater Gustav, ja nun schon vor einer Weile in die geistige Heimat zurück gekehrt ist, fummelt dann wenigstens mal irgend jemand an ihr herum."

Zank nimmt den Eislöffel aus dem Vanillemund, schüttelt den Kopf echauffiert und meint lakonisch: „Ohje, die alte Leier wieder. Hoffentlich ruft sie nachher nicht an, daß sie wieder bei uns schlafen will. Dann muß ich wieder den ganzen Abend Schlager und Volksmusik im Fernseher ansehen und sie wandert nachts stundenlang durch die Räume, stöhnt rum, quengelt und nervt." Wir denken beide, in diesem Moment nochmal an den letzten, einprägsamen Aufenthalt in der Klinik zurück.

Alles beginnt so schön, vor ein paar Wochen. Ich plane mit Theresia einen Urlaub auf Teneriffa. Sie soll einmal auf andere Gedanken kommen und ich lechze auch danach. Die Schwiegermutter ist Feuer und Flamme. Sie beauftragt mich, ein tolles 5 Sterne Hotel zu suchen und eine Wellness-Woche zu buchen. Jeder zahlt selbstverständlich selbst. Damit habe ich kein Problem und begebe mich umgehend auf die Suche. Als Kind einer proletarischen Familie,

die von den Nachbarn immer als ‚Rucksackdeutsche'
betitelt wurde, habe ich ja gelernt zu sparen.

Ein Zimmer in einem renommierten 5 Sterne Hotel
bekomme ich pro Person für knappe 2000 €, inklusive Flug und Wellness-Woche. Alternativ bekomme
ich ein 5 Sterne Hotel mit all den Leistungen und
Flug für 1050 €, last Minute. Das Angebot läuft aber
so, daß wir nicht wissen, welches Hotel es wird. Für
mich ist das überhaupt keine Frage und ich buche
die günstige Variante. Es sind noch genau 19 Tage
bis zum Urlaub und am Tag 18 fragt mich Theresia,
welches Hotel wir denn nun vor Ort bekommen. Das
habe ich ihr alles schon vor der Buchung, lange und
ausgiebig erklärt. Sie ist aber bei der Ausschüttung
des Verstandes leider abkömmlich gewesen und das
rächt sich nun.

„Wir erfahren es erst 3 Tage vor der Anreise.
Es stehen 4 Hotels im Prospekt und eines davon
wird es sein. Die sind alle sehr gut und wir zahlen ja
fast nur die Hälfte des Preises," erkläre ich noch
einmal das gebuchte Prozedere. Theresia verdreht
die grünblau geschminkten Augen und sagt:
„Eigentlich möchte ich schon wissen, wo ich
hinkomme und wohne. Das ist ja total blöde so.
Kannst Du bitte noch einmal anfragen, wo wir wohnen werden?"

„Das kann ich gerne machen, aber wir erfahren es
wirklich erst 3 Tage vor der Anreise," erkläre ich
nochmal die Buchung. Theresia bekommt einen
blöden Hustenanfall und fühlt sich irgendwie nicht

gut. Das ignoriere ich aber völlig, weil das ein gezielt aufgeführter Akt in jeder ihrer Shows ist.

Tag 17 vor der Anreise. Meine Schwiegermutter ruft an, fragt nach dem Hotel und ich erkläre ihr noch einmal, daß wir einen wunderschönen Urlaub bekommen und sie muß sich wirklich keine Sorgen um den Standard des Hotels machen. Die macht Theresia sich aber doch. Es folgt wieder mal ein Hustenanfall mit lautem Geschnaufe und Gestöhne.

Tag 16 vor Reiseantritt ruft mich ihre Nachbarin gegen 10:00 Uhr an und fragt, wie der Stand der Reise ist. Ich frage die nette Frau, ob sie jetzt als Dolmetscherin für Zanks Mutter tätig ist und erkläre noch einmal, warum wir eine Last Minute Reise machen. Frau Hartmann findet das Super und will es sofort an Theresia weitergeben.

Tag 15 vor Reiseantritt ist nicht mehr zu toppen an Schwachsinn. Um 11:15 Uhr ruft mich meine Schwiegermutter keuchend an und sagt, daß sie ins Krankenhaus muß, ich soll die Reise nun absagen. Ich fahre sofort zu ihr und treffe sie, am Eßtisch sitzend, umarmt von einer Panikattacke, der Nachbarin und einem Eierlikör, an. Heulend erzählt sie, daß sie gerade beim Arzt war und dieser gesagt hat, sie muß ins Krankenhaus. Ich habe die Schnauze gestrichen voll und erkläre ihr, daß wir diese Reise nun voll bezahlen müssen, wenn wir so kurz vorher absagen. Das ist der Theresia völlig Schnuppe und ich sage die Reise noch an ihrem Eßtisch telefonisch ab. Halleluja, ein Wunder geschieht. Der Eierlikör wird auf Ex getrunken, die Panikattacke verabschiedet sich durch die Terrassentür und meine Schwiegermutter blüht auf, wie eine ausgetrocknete Rose.

„Hol sofort Deinen Notfall Koffer aus dem Schlafzimmer, ich fahre jetzt zum Doktor und hole die Einweisung fürs Krankenhaus," meckere ich sie an und sage noch: „Die Stornokosten für die Reise zahlst du aber, basta."

Den Hausarzt erwische ich gerade noch und da ich eine Generalvollmacht für Theresia habe, kann ich ihn nach ihrer Krankheit fragen und dem Grund der Einweisung ins Krankenhaus. Seine Antwort läßt mich sofort zur Salzsäule erstarren. Gegen meine Gewohnheit, scheiße ich nun aufs Karma und schwöre innerlich schon gewaltige Rache.

„Ihre Mutter kam einmal wieder mit fürchterlichen Schmerzen und zitterte am ganzen Leib. Eine intensive Untersuchung ergab überhaupt nichts und sie tobte herum. Da sagte ich ihr, wenn sie mir nicht glaubt, dann müsse sie eben in ein Krankenhaus gehen. Sie hat die Praxis dann verlassen, nicht ohne mich noch als unfähig und blöde zu betiteln. Ich kenne sie ja und weiß, daß sie bei ihrem Psychologen besser aufgehoben ist, darum nehme ich es ihr nicht allzu übel."

Ich nehme es meiner Schwiegermutter sehr übel und die Einweisung fürs Krankenhaus stecke ich sofort in meine Tasche. Frau H. sitzt noch immer bei der lustigen, zwischenzeitlich schmerzlosen, angetrunkenen

Theresia am Tisch und beide planen eine Shopping Tour in die City, für den kommenden Tag.

„Wo ist Deine Tasche fürs Krankenhaus?" frage ich sauer aufstoßend. „Ich habe die Einweisung für die Klinik mitgebracht und wir Zwei fahren in spätestens 5 Minuten hier los, zieh Dich an." Theresia ist sichtlich geschockt und winkt ab.

„Die Reise ist doch nun abgesagt und es geht mir inzwischen eigentlich wieder ganz gut hier." Mir bestimmt nicht und ich hole den blauen Überseekoffer aus dem Schlafzimmer, den Theresia als Notfallkoffer für Klinikaufenthalte nutzt. Er ist bestückt mit Designer Nachthemden und einem Brokat Bademantel mit Nerzkragen. Lippenstifte, Parfüms und eine diamantene Zahnspange für die Nacht, runden das Bild ab. Wir bringen die erstaunte Nachbarin zur Haustür und ich fahre die Hypochonderin in die Klinik. Dort treffen wir um 17:00 Uhr in der Notaufnahme ein. An der Rezeption sitzt eine Sumu Ringerin, die sieht erst auf den Überseekoffer und dann auf meine Schwiegermutter. Wie ein bissiger Rottweiler, knurrt sie die modisch gestylte, Größe 32+ tragende, rosig geschminkte Theresia an:

„Was suchen Sie denn hier, wir veranstalten heute bestimmt keine Casting Show."

Schnell schiebe ich die kranke, alte Frau in die Wartezone und die Einweisung über den Tresen. Der Rottweiler zieht die Lefzen hoch und sagt, wir sollen uns setzen und warten, bis der Doktor kommt. Es ist Freitag Abend, inzwischen 18:00 Uhr und es kann etwas dauern. Es dauert etwas, bis fast 21:45 Uhr. Nun fliegt die Sicherheitstür auf und ein Teenager im weißen Kittel fährt auf einem bunten Skateboard bis in die Wartezone.

„Frau Theresia N., folgen sie mir bitte ins Untersuchungszimmer, rappt der Junior Doc uns ins Ohr. Völlig fertig sitzt Theresia auf ihrem Stuhl, ich ziehe sie hinter mir her und folge dem Skateboard Fahrer ins Untersuchungszimmer. Dem Doktor erkläre ich kurz, daß ich das Sprachrohr der todkranken Frau bin und er gibt mir sein Okay. „Was kann ich für Sie tun?" fragt er meine Schwiegermutter und sieht mich dabei an. Die kranke Alte wird wieder putzmunter, streicht sich den toupierten Pony aus der Stirn und sagt frech zu dem jungen Arzt:

„Sie will ich nicht als Arzt, holen Sie sofort eine ältere, kompetente Ärztin her, die mich dann untersucht. Sowas mit Ihnen, läuft bei mir hier nicht. "

Der sprachlose Doktor weist gereizt Theresia in die Schranken ihrer sichtlichen Alterssturheit. „Es ist bereit 22:00 Uhr beste Frau, ich habe den Nachtdienst. Entweder sagen Sie mir jetzt, welche Gebrechen Sie haben, oder Sie fahren umgehend in ein anderes Krankenhaus."

Theresia sieht ihre Felle schwimmen und spult schnell die Liste ihrer umfangreichen Gebrechen ab. „Starke Herzschmerzen, auch Magenschmerzen, Sehstörungen und mir tut einfach alles weh." Der Doktor misst erstmal den Blutdruck. Vor lauter Aufregung ist der bereits bei 210 zu 120. Das EKG wird gemacht, zeigt aber keine Auffälligkeiten. Sicherheitshalber soll Theresia ein paar Tage stationär aufgenommen werden und sich mal intensiv durchchecken lassen.

„Wenn ich dann hierbleibe, möchte ich aber unbedingt eine gynäkologische Untersuchung haben," sagt die 89 jährige, mit einer forschen Ansage.

„Mutter, Du bist nicht schwanger, oder habe ich etwas verpasst?" frage ich leicht bösartig und lächle den netten, jugendlichen Doktor verschmitzt an. Der hebt seine dicke, schwarze Hornbrille etwas nach Oben, schaut Theresia mit funkelndem Blick in die Augen und sagt: „Es liegt absolut keine Veranlassung vor, eine gynäkologische Untersuchung zu machen. Sie können diese ja Zuhause bei ihrer Gynäkologin machen lassen, wenn Sie Beschwerden haben."

Theresia schnappt nach Luft, wie ein sterbender Karpfen auf dem trockenen Sand und wispert: „Das fehlt mir grad noch, eine Schwangerschaft. Dann kann ich meine 50 kg Gewicht und Kleidergröße 32+ ja vergessen."

„Das ideale Gewicht für meine Schwiegermutter, ist eine bronzene Urne, die ungefähr 5,5 kg wiegt," flüstere ich dem Doc ins Ohr und er nickt lachend mit dem Kopf. Inzwischen ist es fast 23:00 Uhr und bei mir tritt eine leichte Unlust auf. Da ich die kranke Untote nun in den besten Händen weiß, verabschiede ich mich von den Beiden. Ich weise Theresia noch darauf hin, dass ich sie nicht besuchen werde, weil sie mir den Urlaub versaut hat. Ihr Sohn Zank, der Enkel Gawain und die beiden Urenkelinnen, werden nun die Kümmerer machen. Das ist ihr egal, sie ist ja auch sauer auf mich, weil ich ihr den Shopping Tag mit Frau H. kaputt gemacht habe.

Ich sag Tschüssi ohne Küssi und mach mich auf den Heimweg. Aus dem Auto rufe ich noch meinen Sohn Gawain an und beauftrage ihn, sich mit seinen beiden Töchtern, einmal um seine todkranke Großmutter im Krankenhaus zu kümmern.

Mein Zank ist auch sofort am Telefon und brüllt mich an, was ich solange in der Nacht draußen alleine mache. Er hat großen Hunger und bekommt die verschlossene Kühlschranktür alleine nicht auf. „Seit heute Mittag bin ich bei deiner Mutter und habe sie ins Krankenhaus gebracht, weil sie mal wieder den Hypochonder raushängen läßt. Unser Urlaub ist auch abgesagt. Die Alte besuche ich nicht, das könnt ihr erledigen, denn ich bin selbst sowas von erledigt."

Zuhause erfährt er den Rest der Story und will seine Mutter auch nicht besuchen. Mal abwarten, was sich da noch anbahnt. Samstag morgen ist ein Frühstück angesagt, mit allem PiPaPo. Wir freuen uns auf ein paar Tage ohne die nervigen Telefonate mit Theresia und unverhofft klingelt es Sturm an der Haustür.

Die Terrier düsen sofort in diese Richtung. Der flinke Bernie springt auf die Türklinke und öffnet diese mit Bravour. Unter lautem Gebell stürmen beide Hunde zurück an den Eßtisch, schmeißen sich auf die Kacheln und legen sich die Pfötchen über die Augen.

Mir schwant Übles. Zank und ich schauen zeitgleich zur Tür und erstarren. Im Türrahmen steht Gawain mit den Enkelinnen Anna und Lena. Mittendrin hängt untergehakt, mit Leidensmiene und Überseekoffer, die todkranke Theresia. Sie stöhnt und ächzt aus allen zur Verfügung stehenden Kanälen.

„Hallo, laßt mich sofort rein. Ich schlafe bis Montag bei euch. Im Krankenhaus bleibe ich das Wochenende nicht, da sind die ja alle krank. Die Nacht war furchtbar, die haben alle Schmerzen und stöhnen und schnarchen im Zimmer. Montag morgen kann ReNaTe mich da wieder hinfahren."

„Bist du bescheuert, oder hast Du mit Deinem Stuhlgang Dein Hirn ausgeschissen? Ich habe Dich nicht in ein Hotel gefahren, sondern ins Krankenhaus. Bei uns schläfst Du bestimmt nicht und ich fahre Dich nicht nochmal ins Krankenhaus. Such Dir eine andere Bedienstete. Ich habe auch noch ein Eigenleben." Der Sohn und die Enkelinnen verdrehen die Augen und Zucken mit den Schultern. Die Drei wollten morgens schon früh zu Theresia in das Krankenhaus und sehen die Oma bei der Ankunft bereis vor der Kliniktür mit ihrem Koffer stehen. Sie will sich gerade eine Taxe rufen und ist hocherfreut, die Familie zu sehen.

„Ihr Drei könnt mich gleich zu Deinen Eltern fahren, ich komme erst Montag zurück," sagt Theresia völlig aufgebracht und weiter: „Da bleibe ich solange, das ist ja ganz fürchterlich hier, die sind ja alle krank."

Das Trio schiebt die Oma in den Flur, macht eine Kehrtwendung und Gawain winkt nochmal über die Schulter zurück. „Viel Spaß, ich nehm sie auch nicht, ich muß zur Geburtstagsfeier eines Kumpels, sowas geht vor, die Oma verarscht uns mal wieder." Das kann ich voll und ganz verstehen. Jetzt ist Zank gefragt und muß sich durchsetzen. Das macht er auch. Theresia bleibt bei uns und belegt das Gästezimmer. Nun bin ich nahe dran, meinen Notfall-Koffer zu packen und in ein Hotel zu ziehen. Alternativ werde ich aber einmal genauso zu ihr sein, wie sie zu mir ist. Ich werde also in den nächsten 2 Tagen mal so richtig die böse Schwiegertochter rauskehren. Dann kann sie einmal merken, wie mies ihr Verhalten mir gegenüber ist.

„Herzlich Willkommen, zieh dich aus, mach dich breit und danach kannst du den Abwasch in der Küche übernehmen und den Boden feudeln," weise ich die vorübergehend genesene Schwiegermutter in die Hausordnung ein. Zank geht daraufhin mit gesenktem Kopf leise in sein Arbeitszimmer, um irgendeine, völlig überflüssige Reparatur an einer Bodenfliese im Teppichboden, vorzunehmen. Theresia knöpft sich ihren Designermantel auf und will mich in den Arm nehmen. Mit etwas Abstand schiebe ich sie in die Küche und frage mich, warum ich eigentlich der Mittelpunkt dieser Familie bin. Mein Bauch antwortet: „Du bist der Mittelpunkt, damit sie Dich von allen Seiten ausbeuten können." Na toll! Da werde ich doch mal in einer ent-spannenden Meditation in mich gehen, um einen Ausweg vom Mittelpunkt zum Ausgang zu finden. Im Gästezimmer werfe ich aber erst einmal die neue Bettwäsche auf die Matratze und verteile überall kleine Zettel mit Anweisungen.

Öffnungszeit Bad: 08:45-08:50 Uhr

Öffnungszeit Küche: 08:55-09:00 Uhr

Öffnungszeit Haustür: durchgehend geöffnet

Fernsehzeit: ist von 22:00-01:00 Uhr

Gesprächszeiten: keine, da 2 Tage Stille herrscht Essenszeiten: individuell, Speisekarte und die Bestellnummer für Essen auf Rädern, liegen auf dem Küchentisch.

Abfahrt Montag zur Klinik: 07:00 Uhr, Treffpunkt ist die Haustür.

Schnaufend pilgert Theresia zum Zank ins Arbeitszimmer und beschwert sich über meine Unverfrorenheit. Ihre Worte kommen leider nicht so gut an, der Zank hat sich Kopfhörer aufgesetzt und hält ein Schild hoch, auf dem steht:

„Ich bin beschäftigt, lies doch ein Buch, oder reinige und putze deinen Schmuck, Tschüssi!"

Weiteres steht nicht mehr an, an diesem Nachmittag. Die Mutter verzieht sich beleidigt in ihr Zimmer, nicht ohne die Tür mit lautem Knall zu schließen und wir hoffen,   für den Rest des Tages unsere Ruhe zu haben. Das klappt ganz gut und am Sonntag fährt Zank sie nach ihrem einsam verspeisten Frühstück zu ihrer Nachbarin. Frau H. kann den ganzen Tag mit ihr abklönen und über hochwichtige Themen wie:

Wo kann man einen 2 cm großen Besenreiser, der rechts kaum sichtbar, unter dem oberen Schlüpferrand sitzt, weglasern lassen. Ein weiteres Thema: Die Kanzlerin hat so viele Blazer in allen Farben, sie sollte auch mal einen geblümten, oder gestreiften Blazer tragen. Sie hat einfach keine gute Beraterin.

Die beiden sind so den ganzen Tag beschäftigt und Theresia wird erst zur Schlaflegung wieder abgeholt. Montag morgen steht sie Punkt 7 an der Haustür und mit einem grünen Knebel, im Orange geschminkten Mund, fahre ich sie ins Krankenhaus zurück. Am Checkpoint stelle ich sie der Sumu Ringerin an den Tresen und verabschiede mich wortlos. Wie ich meine Schwiegermutter kenne, bucht sie sich erstmal ein Telefon ans Bett und ruft alle Bekannten und Verwandten an, um sich Besuch einzuladen. Sie benötigt für die Woche in dieser Strafanstalt viel Unterstützung und Beistand, denn mich wird sie hier nicht sehen. Am kommenden Dienstag nehmen Gawain, die Enkelinnen und Zank sich Zeit und wollen Theresia besuchen. Das Bett in ihrem Zimmer ist leer. Die vier schauen einmal in die Cafeteria der Klinik und fallen vom Glauben. In der Mitte des riesigen Raumes sind 6-8 Tische zusammen geschoben, da sitzt die Oma mit ihren Gespielinnen und hält einen Kaffeeklatsch ab. Sie ist voll in Aktion und schenkt grad allen Damen einen Erdbeersekt ein, um die Stimmung hochzuschaukeln.

Zank geht an den Tisch, an dem seine Mutter die lustige Alleinunterhalterin macht und flüstert ihr zu: „Melde Dich, wenn Du entlassen wirst, bis dahin kannst Du mich mal kreuzweise."

Die 4 fahren wieder nach Hause und werden die schwer kranke Großmutter, Mutter und Oma nicht mehr aufsuchen, damit der Genesungsprozess nicht unterbrochen wird. Der Prozess ist nach 8 Tagen beendet und ich bin mal wieder die einzige Person mit Zeit, um den Rücktransport vorzunehmen. Theresia sitzt mit mauligem Gesicht auf ihrem Koffer vor dem Eingang. Ohne Worte steigt sie in den Wagen und schaut grimmig und wortlos aus dem Fenster. „Gehts Dir gut? Fehlt Dir noch was? Du kannst doch noch etwas länger bleiben," spreche ich sie einmal auf ihren Zustand an.

Theresia grunzt mich empört an: „Die haben bei mir keine gynäkologische Untersuchung gemacht, ich finde das empörend."

Die Heimfahrt verläuft ohne weitere Worte und ich stelle den Überseekoffer in den Hausflur, um gleich weiter zu fahren. Da ich meine Schwiegermutter gut kenne, warte ich mal ein paar Minuten in der Seitenstraße und beobachte die Haustür. Es dauert nicht lange und eine chic gestylte, auf Hackenschuhen laufende Genesene, hechelt zur Bushaltestelle und fährt in die Kreisstadt. Theresia läßt sich bei ihrer Gynäkologin privat eine gynäkologische Untersuchung machen. Das erzählt sie uns aber nicht, denn sie ist nicht nur eine Hypochonderin, sondern auch eine notorische Lügnerin. Zank ruft sie am Abend an und fragt nach ihrem Befinden und wie sie den Tag so verbracht hat.

„Auf dem Sofa lag ich und habe Tee getrunken, weil ich noch nicht so gut drauf bin," lügt sie ihren Sohn dreist an. Eine Woche darauf bekomme ich per Post die hohe, private Abrechnung der Untersuchung und knalle sie der Mutter auf den Tisch. Theresia ist ja sowas von empört und weiß natürlich nicht, daß so eine private Mösen-Show etwas kostet. Schließlich hat der nette Doktor doch gesagt, daß die Untersuchung Zuhause gemacht werden soll. Außerdem war sie gar nicht an dem Nachmittag bei der Ärztin, das stimmt nicht. Die muß sich im Termin geirrt haben und Theresia will da mal anrufen, um die blöde Kuh zur Sau zu machen. Eine Ärztin, die falsche Abrechnungen rausschickt, das ist ja wohl das Allerletzte.

Ich beende die fruchtlose Diskussion, überweise die Rechnung und werde erstmal mit meinen Terriern einen Spaziergang alleine und in Ruhe machen.

KAPITEL 2

Auch wenn ich im Rudel der Terrieristen auf der untersten Stufe stehe, die beiden lügen mich wenigstens nicht an. Meine lieben kleinen Terrier. Ich erinnere mich noch genau, wie die bezaubernde Lilli zuerst in unser Leben tritt. Eine Anzeige im Wochenblatt schießt mir einen Amorpfeil direkt in mein großes Herz, welches für Terrier ganz besonders schnell schlägt.

„Liebevoll erzogene, total gehorsame, nicht haarende, stubenreine und bei Bedarf als Putzfrau oder Altenpflegerin einzusetzende Jack Russell Terrierin, kostenlos abzugeben. Als Zugabe wird bei sofortiger Abholung ein Wochenendhaus ab der Ostsee versprochen. Wir lassen alles stehen und liegen. In einer spontanen Aktion bewegen wir uns sofort in Richtung Reiterhof, um uns das Wochenendhaus nicht entgehen zu lassen. Besagte Terrierin würden wir gerne bei uns aufnehmen und wenn die Zugabe wirklich ein Wochenendhaus an der Ostsee ist, wird sie dort am Ostseestrand mit uns herumtollen. Die Terrierin öffnet uns in einer Zofen Uniform die Haustür. Sie führt uns direkt ins Wohnzimmer, wo auf der Couch ein gefesseltes und geknebeltes Ehepaar sitzt. Die Hündin stellt sich als Lilli vor und schiebt eine Video Cassette in den Recorder. Wir bekommen eine Lilli zu sehen, die morgens den Herrschaften das Frühstück ans Bett bringt, die Schmutzwäsche wäscht, bügelt und in die Schränke sortiert. Die kleine Hündin bereitet kleine, leckere Mahlzeiten zu und spülte das Geschirr in der Spüle ab. Sie setzt sich auf die Kloschüssel und verrichtet dort ihre Geschäfte ohne Gassi zu gehen. Mein Mann Zank und ich sind so schwer begeistert, daß wir fast vergessen, die Urkunde zur Überschreibung des Wochenendhauses mitzunehmen.

Lilli greift uns unter unsere, von Arthrose befallenen Arme, führt uns zu unserem Fahrzeug und legt sich seelenruhig in den Radkasten des Kofferraumes. Von sowas haben wir doch schon immer geträumt. Am nächsten morgen werde ich gegen 04:00 Uhr wach, weil ich irgendwie ein enges Gefühl in der Brust verspüre und schlecht atmen kann. Ich öffne ein Auge und blicke in rehbraune, fellumrandete Kirschenaugen. Eine sich über Nacht gehäutete, falsche Schlange, namens Lilli stupst mich seitlich aus meinem Bett und ich lande zwischen einem alten Teddy und einer Quietsche Ente im Hundekörbchen. Die Terrieristin Lilli macht es sich neben meinem schnarchenden Ehemann auf dem Kopfkissen bequem und knurrt mich an. Sie bellt mir zu, daß sie in ca. 45 Minuten ein frisch zubereitetes Frühstück mit Rinderpansen erwartet. Also, irgendwas läuft hier total falsch ab, denke ich noch, bevor ich im Hundekörbchen einschlafe und von 1 000 000 Knöchelchen als Halskette träume. Das weiche Ziegenfell am Boden des Körbchens erinnert mich an die Flower-Power Hippiezeit der 70 er Jahre. Damals hatte ich einen Parka, der mit diesem Fell gefüttert war. Bei Regenwetter stank ich wie ein Iltis. Den Geruch konnte man nur mit einem Joint überdecken, den ich natürlich nieee selbst gekifft habe. Ich habe mich an Kiffer gekuschelt und deren Atem mit einem Fächer aus Rosenholz in meine Richtung gewedelt.

Mit Kopfhörern im Ohr begebe mich zu Oldie-Klängen ins Erdgeschoß, um den Pansen für Lilli und ein Frühstück für meinen Schnarchmann vorzubereiten. Am Eßtisch sitzt schon wartend in einem Hochstuhl der Enkelinnen ein schwarz weißes Etwas. Die Terrieristin Lilli, mit einem Häkellätzchen auf den Fellschultern, einer Wasserpistole zwischen den Pfoten, knurrt durch ein riesiges Kannibalengebiß:

„Wird aber auch Zeit, wo bleibt mein Freßchen." Ein harter Wasserstrahl trifft direkt zwischen meine Augenbrauen in mein 3. Auge und ich bin total geschockt. Ich knalle die Hacken zusammen, verbeuge mich so tief, daß ich mit meinen feuchten Augenbrauen den Boden feudeln kann und entschuldige mich bei der knurrenden Hoheit für mein verspätetes Eintreffen in der Küche. Umgehend gelobe ich Besserung und verspreche Lilli, daß ich ab morgen früh bereits um Mitternacht aufstehen werde, damit das feine Freßchen rechtzeitig im Fressnapf auf dem Tisch steht. Was ist passiert? Hat dieses kleine, niedliche Hündchen mir eine Gehirnwäsche verpaßt? Sie ist sooooo niedlich anzusehen und ich habe überhaupt keine Hemmschwelle, den Butler für diese kleine Köterin zu machen. Lilli hat mich voll im Griff und ich gehorche ihr aufs Wort. Mir kommt die Idee, ihr einen Partner an die Seite zu stellen, damit sie sich an dem abreagieren kann. Ein paar Tage darauf, kommt ein süßer, kleiner, schwarz-weißer Rüde in Betracht, Lilli von mir abzulenken. Wir fahren 100 km in Richtung Ostsee, um den hübschen Jack Russel Terrier Bernie zu adoptieren und ihn an Lillis Seite zu stellen. Bereits auf der Heimfahrt geht es auf der

Rückbank im Kombi hoch her. Bernie bekommt die erste Lehrstunde in Sachen Erziehung des Frauchens. In der ersten gemeinsamen Nacht in unserem Zuhause, schlafe ich mit Bernie im Körbchen. Er ist so schön kuschelig und es macht mir nichts aus, mit dem Vierbeiner in einem Korb zu liegen. In der zweiten Nacht, liege ich allein im Hundekorb. Die beiden Terrier belegen mein Bett zur Hälfte. In der zweiten Hälfte macht es sich der Kater Gismo auf einer Wärmflasche gemütlich. In einer Zickzack Stellung dazwischen liegt schnarchend der Zank und grunzt die Schnarcher Tonleiter rauf und runter. Die Rangordnung ist irgendwie aus dem Ruder gelaufen, aber sie ist einfach schön anzusehen. Die WG in dieser Konstellation zeigt mir genau an, ich bin nicht die Faulste in diesem Haus. Der Spruch´ Katzen haben Personal' trifft bei uns nicht zu. Unsere Hunde haben sich der Katze angepaßt und alle drei haben mich zum Butler bestellt.

Was mich bei den Tieren nicht stört und bei Zank nicht wundert, bringt mich bei Theresia aber auf die Palme. In der Baumschule neben unserem Haus stehen aber keine Palmen und ich überrede meine Schwiegermutter mal wieder, eine Reise mit mir zu machen. Inzwischen reden wir wieder miteinander und ich möchte sie mal auf andere Gedanken bringen. Da kommt doch eine Kreuzfahrt gerade recht. Theresia ist ja eine Diva und auf so einem schönen Kreuzfahrtschiff mit Namen Diva, buche ich uns eine Kanaren Kreuzfahrt in einer Balkonkabine. Der Flug von Hamburg nach Teneriffa verläuft fast ohne Komplikationen, wenn man einmal von Schwiegermutters

Eskapaden im Bordklo absieht. Um von den Speisen im Flieger nicht zuzunehmen, hat sich Theresia vor dem Abflug ein paar Abführtropfen mehr als üblich, reingezogen. Von den knapp 5 Stunden Flugzeit, verbringt sie nun viereinhalb Stunden auf dem Klo und kackt sich die Seele aus dem knöchernen Leib. Da andere Fluggäste diesen Ort natürlich auch einmal aufsuchen müssen, um zu müssen, wird die Stewardess informiert, daß das Klo verschlossen ist. Von drinnen dringen aber seit Stunden Geräusche nach draußen. Das Bordklo bleibt trotz klopfen und rufen verschlossen und wird von der Stewardess geöffnet. In der Toilette steht eine halbnackte, ältere Diva und wäscht gerade ihre weiße Jeans und die Unterhose im kleinen Waschbecken aus.

„Bleiben sie draußen, bis ich fertig bin, wo ist denn hier ein Föhn?" fragt Theresia die völlig fassungslose Stewardess.

„Hier gibt es keinen Föhn. Wenn sie keine Wechsel- kleidung im Bordgepäck haben, wickeln sie sich bitte in eine Wolldecke ein und geben sie die Toilette frei für die anderen Gäste," wird Theresia höflich aufge- fordert. Da sie die Kleidung im Koffer hat und nicht dran kommt, gebe ich ihr die Yogahose aus meinem Spiri-OM Beutel, den ich immer bei mir trage. „Das ist eine unmögliche Hose, die läßt mich fett aussehen, ist doof gemustert und passt nicht zu meinem rosa Perlenkollier," nörgelt die Alte rum. Mir platzt der Kragen und ich bitte die Diva, die Hose wieder auszuziehen und in der Wolldecke zu reisen. Das möchte sie dann doch nicht. Die immer noch nette Stewardess frage ich dann, ob sie Theresia mal einen Becher Soßenbinder zubereiten kann, damit die nicht meine Yogahose beim nächsten Furz zuscheißt. Manchmal ist das Leben an der Seite von Theresia eben wie ein großer, nicht endender Durchfall:

„Scheiße, aber es läuft!"

Keine weiteren Vorkommnisse, wir landen pünktlich auf Teneriffa und ich gehe mit der Yogahosen Diva auf das wunderschöne Kreuzfahrtschiff die Diva. Unsere tolle Balkonkabine ist bezugsfertig und während wir auf die Koffer warten, saut Mutter schon mal das kleine Klo ein. Nach 20 Minuten kommt sie aus der Naßzelle heraus und ich traue meinen Augen nicht. Der Yogahose entledigt, hat sich Theresia eine Klorolle geschnappt und sich daraus einen Minirock gewickelt. Der paßt farblich wirklich besser zu ihrer Perlenkette und ich rieche erstmal an meiner Hose. Glück gehabt, die ist noch sauber, aber ich wasche sie vorsichtshalber im Handwaschbecken aus und hänge sie dann auf den Balkon in die lachende Sonne zum Trocknen.

„Durchfall kommt immer in den ungünstigen Situationen," murmelt die ausgetrocknete Theresia mir zu. Mit hochgezogenen Augenbrauen antworte ich sichtlich genervt:

„Dann sag mir doch einmal, in welcher Situation Du denkst, also jetzt finde ich Durchfall schon recht praktisch?" Natürlich bekomme ich keine Antwort darauf und wir machen uns auf den Weg mit unserer

Bordkarte ins Cafe' Mare. Damit das Gehirn der miniberockten Diva nicht weiter austrocknet, ordern wir jede einen großen Becher Latte Macchiato und essen ein großes Stück Erdbeertorte mit Sahne. Zum Glück bleibt nun alles in Theresia und wir machen uns auf, um einen Schiffsrundgang zu absolvieren. Beim verlassen des Cafés bleibt Schwiegermutter mit ihrem Klopapier Rock an einem Stuhl hängen und steht nur mit einer Slipeinlage bekleidet, mitten zwischen den Tischen. Ich schmeiße ihr meine Strickjacke vor den Bauch und halte zwei Papierservietten vor ihre kleinen Arschbacken. Unter lautem Gegröle der anderen Passagiere stelzen wir langsam in Richtung unserer Kabine.

„Wie peinlich ist das denn, jetzt kennt mich jeder hier und ich kann mich nirgends mehr sehen lassen," heult Theresia vor sich hin.

„Quatsch keine Oper, morgen hängen hunderte, allein reisende Rentner in deiner Schleimspur, das wünscht Du Dir doch immer," flüstere ich ihr ins Ohr.

„Meinst Du, die finden mich toll?" fragt sie mich wirklich und ich antworte:

„So etwas wie dich haben die noch nie im Leben gesehen, warte da mal ab, morgen wollen die alle ein Autogramm von dir haben."

Getröstet betreten wir die Kabine, wo unsere Koffer schon auf uns warten. Theresia kann sich wieder schön in Schale schmeißen. Für mich und meine Garderobe bleibt ein kleines Bord in der Kabine, neben den Getränkeflaschen. Die alte Diva hat die Schränke und Schubladen allesamt für sich beansprucht. Klamotten sind ja immer so viel wert, wie die Person, die sie trägt. Du kannst die teuersten Designer Fummel tragen Theresia, aber du bist innerlich keine Diva und darum wirst du niemals ein schöner Mensch sein. Macht auch nichts, jedem das seine und mir das meine. Da wir Sonne pur haben, auf dieser wunderschönen Kreuzfahrt, reichen mir die kurzen Shorts, Badeanzug, weiter Rock, Tops und Zehenlatschen. Meine Sachen sind in 5 Minuten verstaut und ich genieße den Balkon für 1 Stunde und 30 Minuten alleine in der Sonne, bis die Schwiegermutter ihre Schränke komplett eingerichtet hat.

Irgendwann ist der Koffer geleert und Theresia winkt mit der Bordkarte:

„Komm mit, ich lade Dich zu einem Cocktail ein, damit Du auch einmal was Leckeres trinkst," sagt sie und zwinkert mir durch eine überdimensionale, pinkfarbene Sonnenbrille mit hellblauen Gläsern zu. Hellblaue Ohrclips und eine pinkfarbene Jacke, runden das Bild passend ab, zur blaupink karierten, hautengen Leggin.

Ich werfe mir mein Nirvana Flatterkleid über, flechte mir einen Zopf mitten auf dem Kopf und drehe daraus mit einem Eßstäbchen einen Knoten. So fühle ich mich wohl und bin bereit, auf Theresias Einladung hin, in die Beach Bar zu gehen und eine alkoholfreie Bionade zu trinken.

Die Sicherheitsübung absolvieren wir fast ohne Probleme. Theresia stört sich extrem an der engen Weste und will die nicht anlegen. Da kommt sie aber nicht drum herum und unter Gezeter und Gejammer läßt sie sich die Weste dann doch von einem jungen Scout anlegen. Sie zieht gleich wieder eine Show ab: „Junger Mann, sie machen das so toll, ich könnte sie heiraten." Der junge Mann antwortet auf englisch und das Thema ist damit schnell für Mutter Diva durch. Der Nachmittag verläuft endlich einmal richtig entspannt, ebenso der Abend und wir freuen uns auf den geplanten morgigen Tag auf Gran Canaria. Kurz vor 06:00 Uhr hole ich mir meinen Frühkaffee, ohne den bei mir überhaupt nichts läuft. Das ist für mich immer das Schönste an einer Kreuzfahrt. Den Becher Kaffee in der Hand, den Wind im Gesicht und dabei die Sonne begrüßen. Heute Morgen kommt dazu noch die Kulisse von Las Palmas in mein Blickfeld, einfach wunderschön. Da ich fast allein auf dem Pooldeck bin, mache ich in der aufgehenden Sonne ein paar Thai CHi Übungen und der Tag kann kommen, mit allen Herausforderungen.

Die Erste kommt direkt auf mich zu, als ich meine letzte Übung beende. Theresia stürmt heulend durch die noch offene Schiebetür und lispelt mich an: „Wo ist mein oberer Zahnersatz? Ich finde ihn nicht, Du warst zuerst im Bad heute morgen, hast du ihn weggeschmissen?"

„Samma tickst du noch richtig?" fauche ich lautstark zurück. „Den hast Du Dir doch gestern Abend beim Essen herausgenommen und in eine Serviette gewickelt in die Jackentasche gesteckt. Du hast über Schmerzen im Kiefer geklagt und nur eine Suppe gelöffelt. Schau in Deine Jackentasche und trink etwas, Dein Gehirn trocknet mal wieder aus."

Je dummer eine Person ist, desto besser gefällt sie sich wohl selbst im Spiegel. Natürlich ist die Prothese noch in der Jackentasche. Theresia muß diese nun nur noch von der fest angetrockneten Serviette befreien und unserem Landgang steht nach einem ausgiebigen Frühstück nichts mehr im Wege. Frühstück muss sein, denn ein leerer Kopf in Kombination mit einem leeren Magen, lockt den Teufel an und den brauchen wir grad im Urlaub mal nicht. Ein Taxi fährt uns in die Altstadt und wir bummeln relaxt durch die kleinen Gassen. Später liegen wir ein Stündchen in der Sonne am Stadtstrand und Theresia weist mich darauf hin, daß sie gegen 16:00 Uhr im Theater auf der Diva, an der geplanten Kunstauktion teilnehmen wird.

Da ich ihre Sammelsucht kenne, sorge ich vor. In einem 1 € Shop kaufe ich eine Packung Kabelbinder und werde damit wohl den Kaufrausch verhindern. Auf dem Schiff angekommen, stylt sich die Landgang Diva zur Auktions-Diva. Ich bitte die seriös in schwarz gekleidete, Goldketten behängte Mitreisende darum, ihre Hände einmal kurz auf dem Rücken zu verschränken, damit ich ihre Jacke von Fusseln befreien kann. Sie tut es und blitzschnell ist sie mit einem Kabelbinder an den Handgelenken versehen, und startbereit für die Auktion der Künste.

„Wenn Dir etwas gefällt, dann biete ich für Dich. Du hast ja immer Zuckungen im rechten Arm und wir haben schon einmal 8 Kunstwerke ersteigert, die immer noch in deinem Keller stehen. Zuhause mochtest Du sie nicht aufhängen, weil die Farben nicht zu Deinem Lippenstift passen. Das machen wir nicht noch einmal." Ich schiebe Theresia zur Kunstauktion, platziere sie so, daß sie von allen Besuchern gesehen wird, weil ihr das sehr wichtig ist und es geht los. Es werden diesmal wirklich schöne Exponate aufgerufen die Passagiere bieten und überbieten sich heftig. Zwischenzeitlich biete ich anfangs immer für meine Mitreisende mit, wenn ich sehe, daß sich mehrere für ein Bild interessieren und ich nicht den Zuschlag bekomme. Das ist aber für Theresia auch gar nicht so wichtig, Hauptsache sie ist Teil der Show und das bekundet sie mit:

„Ah, Oh, Ja, wie schön," und was sie sonst noch so an intellektuellem Sprachschatz zu bieten hat. Nach der beendeten Kunstauktion schlendern wir ohne den Kabelbinder noch ein wenig durch die Etagen. Wir landen im Buchungscenter und sehen uns die Infos zu kommenden Reisen an. Theresia sieht interessiert auf den Plan und die Fotos zu einer 24 tägigen Transreise mit tollen Destinationen und vielen Seetagen zum relaxen.

„Das würde mir gefallen. So schöne Orte werden da angelaufen, aber wo liegt denn eigentlich Seetage? Da kommen die ja so oft hin und sprechen die da auch deutsch?" fragt meine Schwiegermutter die junge Frau am Infocenter.

„Das erkläre ich dir später in Ruhe nach dem Abendessen bei einem Cocktail," erlöse ich die sprachlose Beraterin und ziehe Theresia zu einem Stand, wo eine Kurzreise angeboten wird. Sie ist abgelenkt und hat die Frage nach Land und Lage der Seetage bereits abgehakt. Am Abend erzähle ich ihr, daß sich an den Seetagen   einige Passagiere auf ihren Liegen,   relaxt in der Sonne mit geschlossenen Augen dorthin beamen, wo sie gern einen Tag verbringen würden. Sie machen Zeitreisen, meditieren und relaxen. Andere gehen ins Spa, zum Friseur, Shoppen, oder machen einfach mal einfach nur einfach NIX. Kann man machen, oder auch nicht. Jeder, wie er möchte.

„Das ist doch toll, buche einmal so eine Tour für uns beide," sagt eine begeisterte Theresia und schminkt sich die Lippen mit ihrem zartrosa Nachtlippenstift. Ruhe schleicht durch die Kabine und lullt uns in einen Mantel der Harmonie ein. Wir schließen die Augen und freuen uns auf den nächsten Hafen morgen früh, La Palma erwartet uns und wir können es kaum erwarten, an Land zu gehen.

Am Frühstücksbüffet erwartet uns heute morgen etwas ganz Besonderes. Theresia steht mit ihrem Obstteller, der recht übersichtlich bestückt ist, am Saftstand. Sie kann sich nicht entscheiden, zwischen einem Mangosaft und dem frischen, verlockenden Erdbeer Smoothie. Da nimmt sie ein älterer Herr von hinten in die Arme und flüstert der verschreckten Diva in die goldenen Hörgeräte hinein:

„Schätzchen Resi, was machst Du hier denn an Bord? Das ist ja eine Freude, Dich mal wieder zu sehen." Schätzchen Resi dreht sich zu schnell um und der nette Herr hat den Belag des Obsttellers als Belag auf seinem Toupet dekoriert.

„Hansi oh nein, das ist ja eine Überraschung," jubelt Theresia und pult mit ihren knallrot lackierten Fingernägeln das Obst vom Hansi. Die beiden kennen sich seit Jahrzehnten. Nach dem Tod von Hansis Ehefrau Monika, haben sie sich vor 17 Jahren aber aus den Augen verloren und nicht mehr gesehen. Hansi ist Single geblieben und reist nun auf den Kreuzfahrt Schiffen umher, um noch etwas von der Welt zu sehen. Es ist ein absolutes Highlight für ihn, seine Diva Freundin am Büfett der Diva wieder zu sehen. Die beiden Wiedervereinten, setzen sich an einen kleinen Tisch in der Ecke und klönen, was die vergangenen Jahre so hergeben. Meine Freude ist groß, daß Theresia nun etwas von mir abgelenkt ist und ich genieße ein Frühstück in herrlicher Ruhe. Unser Ausflugsziel ist heute auf La Palma der Nationalpark Caldera de Taburiente. Um halb 11 ist das Treffen angesagt, im Foyer des Theaters. Da es bereits 09:00 Uhr vorbei ist, setze ich mich kurz zu dem Pärchen an den Tisch und frage Theresia nach ihrem Tagesablauf. Sie hat wenig Zeit für mich und sagt nur ganz kurz:

„Also, mich kannst Du heute vergessen, mach den Ausflug bitte alleine. Hansi und ich werden uns um 11:00 Uhr am Ausgang treffen und einen schönen Spaziergang zusammen machen. Gib Hansi mal

Deine Telefonnummer, er hat ein besseres Handy als ich. Falls was ist, kann er Dich dann anrufen." Das mache ich gerne. Theresia weise ich aber noch darauf hin, daß der Ausflug bezahlt ist und sie das Geld nicht erstattet bekommt. Das ist ihr völlig schnuppe und ich verlasse mit bester Laune das Restaurant, um in einen entspannten Tag zu starten. In lockerer Kleidung, Rucksack mit Wasserflasche und Snacks bestückt, steige ich in den Ausflugsbus und um mich herum sitzen lauter fröhliche, gut gelaunte Urlauber. Ein einzelner, leicht gestresster Mann sitzt 3 Reihen vor mir und ist seit Beginn der Fahrt an seinem Handy. Er hat wohl Zuhause eine Firma und der Stress verfolgt ihn auch im Urlaub. Das Gespräch ist sehr laut, so daß alle leicht genervt aus dem Fenster schauen und schon mal ein paar Sätze durch den Bus fliegen wie:

„Gehts auch leiser? Man, du hast Urlaub. Wirf das Telefon aus dem Fenster."

Irgendwie tut er mir leid, aber ich kann nicht für ihn atmen und bin froh, auch einmal ohne die stressige Schwiegermutter unterwegs zu sein. Neunzehn Minuten nach 11:00 Uhr klingelt mein Handy. Ein total aufgelöster Hansi ist am anderen Ende und jammert:

„Du mußt sofort zurück an Bord kommen, Theresia ist verschwunden. Sie war nicht am Treffpunkt und ich kann sie nirgends finden. In der Kabine ist sie auch nicht. Oh Gott, Hilfe, was machen wir jetzt?" Die Ausflügler um mich herum, schauen mich mit großen Augen an. Nachdem der Selbstständige sein

Handy ausgeschaltet hat, plärrt meins jetzt weiter und beschallt die Gäste mit einer Seifenoper. Ich merke gerade, daß ich höchsten Blutdruck bekomme und sage zu Hansi:

„Die Resi ist bestimmt nicht über Bord gesprungen. Ich breche meinen Ausflug nicht ab. Geh bitte zur Rezeption und lass Theresia ausrufen. Da können die auch einsehen, ob sie eventuell das Schiff verlassen hat und Dich draußen sucht. Mein Akku ist auch gleich leer, ich habe vergessen ihn aufzuladen, such Du Theresia, ich bin Abends zurück und dann kümmere mich um sie."

Dann schalte ich das Handy aus und stelle es erst um 18 Uhr wieder an, als ich nach einem wunderschönen Ausflug, unsere Kabine betrete. Eine völlig verheulte Theresia sitzt auf der Bettdecke und begrüßt mich mit den Worten:

„Das ist ein blödes Schiff hier. So eine Kreuzfahrt mache ich nicht noch einmal. Wieso hast Du den Ausflug denn alleine gemacht? Buche mir einen Flug, ich fliege sofort nach Hause und betrete nie wieder ein Kreuzfahrtschiff!" Ohje, normalerweise lassen wir etwas Platz in unserem Miteinander, damit der Hauch von etwas Frieden zwischen uns hin und her pendeln kann. Diese Nummer, geht bei mir so gar nicht und Theresia schießt sich grade direkt in den Vorhof zur Hölle.

„Was ist passiert? Sag an, aber zügig," zische ich ihr zu und öffne erstmal die Balkontür. Die Klimaanlage läuft auf Hochtouren, so daß sich in den beiden

Wasserflaschen schon Eis bildet. Die alte Diva sitzt hochrot, in voller Montur, mit frisch gefärbtem, geschnittenem und geföhntem Haupthaar, wollener Pashmina und dem überkandidelten Bademantel auf dem Bett und giftet mich an. Da ist wohl etwas völlig aus dem Ruder gelaufen. Theresias Ansage:

„Ich war um Punkt 11:00 Uhr direkt am Ausgang zum Pooldeck und habe auf Hansi gewartet. Der ist bis Viertel nach 11 nicht gekommen und ich habe ihn gesucht. Dabei habe ich mich auf diesem scheiss Schiff total verlaufen. Ich bin eine Stunde im Kreis gerannt und dann beim Friseur gelandet. Danach bin ich wieder herumgeirrt und habe Hansi nicht mehr gefunden. Den ganzen Nachmittag sitze ich nun hier drinnen in der Kabine und warte auf Dich. Das machst Du nicht nochmal mit mir."

Nach der Ansage muß ich mich erstmal zusammen reißen. Ich bin ganz nah dran, die Cousine des bekannten Lügenbaron Münchhausen über Bord zu schmeißen. Da ich an Karma glaube, erübrigt sich das aber und ich sende ein Gebet ins Universum: „Bitte bitte, an alle die ihr da Oben seid und diese Nummer eben mitbekommen habt. Schmeißt bitte Gerechtigkeit nieder auf meine Schwiegermutter Theresia und schickt ihr das, was aus eurer Sicht gerecht ist, um diese Situation wieder zu reparieren und auszubügeln."

Somit kann ich mich zurücklehnen und abwarten, was passiert. Das Universum entscheidet darüber, was gerecht ist und ich habe ihr nichts Schlechtes gewünscht. Es ist ja nicht das erste mal, daß die

Diva Theresia zu sehr damit beschäftigt ist, ihr Ego zu füttern und dabei nicht bemerkt, daß ihr Gehirn dabei verhungert. Wortlos gehe ich ins Bad und mache mich frisch. Ich begebe mich auf den Weg ins Restaurant und lasse die heulende Tussi allein auf dem Bett zurück. Beim Verlassen der Kabine, rufe ich nochmal über die Schulter:

„Geh noch einmal in Dich und überlege genau, was Du heute alles selbst verzapft hast, bevor wir weiter diskutieren."

Im Restaurant Bella Vista sitzt der einsame Hansi an einem Fensterplatz und winkt mich mit erhobenen Händen heran. Nachdem er meine Version des Nachmittags aufgenommen hat, fragt er mich leise: „Ist sie denn an Demenz erkrankt, oder an Alzheimer? Hat sie Probleme im Alltag?"

„Nein, hat sie alles nicht, So ist sie schon immer. Alles legt sie sich so zurecht, daß sie immer an allem unschuldig ist. Alle Anderen machen ihr das Leben schwer, aus ihrer Sicht. Sie verzerrt die Wirklichkeit, um sie an ihre eigenen Empfindungen anzupassen. Das nennt man auch pseudologia phantastica. Mit einer Person dieser Spezies eng zusammen zu leben, ist bestimmt kein Besuch auf einem Ponyhof." Hansi schaut mich erstaunt an, schaut dann an mir vorbei und sein Kiefer vergräbt sich in seinem gut gepolsterten Brustkorb. Theresia kommt in bester Laune, mit einer Flasche Wein an unseren Tisch. Der Wein kommt in die Mitte, die Diva setzt sich spontan auf Hansi's Schoß und flötet :

„Da seid ihr ja, meine Lieben! Jetzt stoßen wir erstmal auf den Urlaub an und schauen mal, was uns der Abend noch so bringt."

Hansi sieht mich an und lächelt. Ich lächle nach außen zurück, nach innen benutze ich gerade einen Kotzbeutel. Für den nächsten Tag auf Lanzarote ist ja ein Ausflug zu den Feuerbergen geplant. Mir kommt da so eine Idee. Ich habe gelesen, daß in Indien die Witwen früher einmal verbrannt wurden, das sollte man eventuell mit Schwiegermüttern wieder aufleben lassen.

Wann lacht Gott? Wenn du ihm deine Pläne erzählst. Das Universum hat Theresia unverhofft Inputs zu einer 2h Kajak & Schnorcheltour, in Papagaya geschickt. Diese macht sie mit dem begeisterten Hansi und ich entdecke den Nationalpark nun alleine im Sonnenschein. Theresia sehe ich an diesem Tag zum Glück nicht mehr. Sie verbringt die Nacht in der Junior Suite beim Hansi. Die Schnorchel-Tour hat ihre Frisur völlig zerstört. Da sie sich mit dem Zottelkopf nicht unter die Leute traut, speist sie im Bademantel mit Hansi in seiner Suite und leert ein paar Flaschen Wein dazu. Angeblich sagt Theresia immer NEIN zum Alkohol, der will aber partout nicht auf sie hören. Wer will das schon!!!

Ich denke mir, daß ich erst in dem Moment Weise bin, wenn ich sehe, was ich übersehen muß. Daran arbeite ich jetzt mal in einer ganz speziellen morgendlichen Meditation. Mein Bauch flüstert mir während der Session zu, daß ich diese Situationen erleben muß, damit ich erkenne, daß es an der Zeit ist, etwas zu ändern, oder **es** ändert mich. Ich lasse also mal relaxt los, was ich sowieso nicht ändern kann und ändere meine Einstellung zu Theresia. Ab sofort passe ich mein Leben voll der Situation an und erwarte nicht mehr, daß sich die Situation meinem Leben anpaßt. Keine Erwartungshaltung mehr, kein Stress, alles ist immer richtig und wird abgearbeitet als Lebensaufgabe.

Diese neue Aufgabe wird mich wirklich leben lassen: ‚entdecken…entfalten….werden…und…. SEIN!'

Auf Fuerteventura atme ich einmal während einer Allradtour die Luft im Naturpark von Cofete. Hansi macht den Moderator für Theresia. Er überhäuft sie mit Komplimenten und zeigt ihr einmal, wie so ein Seetag auch im Hafen von Fuerteventura, an Bord der Diva stattfinden kann. Das braucht sie auch ganz dringend zum Runterkommen, nach der mißlunge-nen Kajaktour gestern. Die beiden Verliebten planen für morgen auf Madeira noch eine 3 stündige Monte Sightseeingtour mit Schlitten-fahrt. Ich bin begeistert, werde allein durch Funchal spazieren gehen und den Municipal Garden aufsuchen. Auf diese Weise endet unsere Kreuzfahrt doch noch entspannt und die Koffer werden schon gepackt für die Rückreise.

Da der Hansi auch in den Flieger nach Hamburg steigt, trete ich ihm meinen Sitzplatz neben Theresia ab und kann seelenruhig 19 Plätze weiter hinten entspannen. Die beiden haben wirklich zueinander gefunden und sich nach so vielen Jahren wieder angenähert, daß ich die Hoffnung hege, daß dies Zuhause auch weiter gepflegt wird. Mein Zank holt uns am Flughafen in Hamburg ab und die beiden Jack Russell toben Gottseidank gesund an seiner Seite durch die Ankunftshalle. Den schweren Kofferwagen schiebe ich allein durch den Ausgang, so daß der Zank erstmal nur mich erblickt. Erstaunt, mit großen Augen blickt er in mein Gesicht und sagt entzückt, nachdem er mir ein Küßchen auf die Stirn gedrückt hat:

„Olla und Hallo, Du siehst ja wirklich erholt aus. Hast Du Theresia auf den Kanaren zur Adoption frei gegeben?"

Kaum hat er den Satz beendet, sieht er seine Mutter Arm in Arm, mit dem ihm gut bekannten Hansi durch die Schiebetür schweben.

„Hallo Hansi, alles klar? Da ist meine Mutter ja in den besten Händen. Herzlichen Glückwunsch euch beiden. Wer sich heute freuen kann, sollte nie damit bis morgen warten," begrüßt ein glücklicher Sohn seine strahlende Mutter und ihren derzeit größten Fan und Moderator Hans.

Meine Terrier begrüßen mich, als wenn ich 18 Monate verschollen war und ich schmeiße mich auf den Boden, um sie zu umärmeln und zu knuddeln. Jeder Mensch sollte einen Menschen und mindesten 2 kleine Terrier in seinem Leben haben, die ihm dabei behilflich sind, sich auf den nächsten Tag zu freuen. Eine Katze im Team, ist dabei zusätzlich auch noch zu empfehlen.

Theresia fährt erstmal mit Hansi in sein Zuhause, um die Nebenwirkungen der Kreuzfahrt auszukurieren. Wir kommen in unserem Nest an und ich erzähle meinem neugierigen Ehemann von der gelungenen Kreuzfahrt auf der Diva mit der Mutter Diva. Es fällt mir leichter, ihm alles so darzustellen, daß es gelungen war, als zu erklären, warum ich gelegentlich ziemlich genervt war. Das Ziel eines jeden Menschen sollte doch ein Lebensstil sein, von dem man gar keinen Urlaub benötigt. Vielleicht kann es ja Theresias neuer Lebensstil sein, mit Hansi Kreuzfahrten zu machen. Mich würde es sehr freuen. Zank auch. Der Hansi kann dann ja die Resi, auf einer Destination „Seetag" auf Wolke7 absetzen.

Dieses bleibt abzuwarten

Kapitel 3

Die Tätigkeit in meiner eigenen Detektei als Wirtschaftsdetektivin, fordert mich wieder täglich heraus. Ich liebe meine Arbeit, die Tiere, den Mann und den Sohn an meiner Seite. Die Liebe zur Schwiegermutter ist derzeit stark eingegrenzt, aber dank Hansi, merkt das grad niemand. Theresia hat sich bei ihm eingenistet und will die nächsten Urlaube mit ihrem Geliebten verbringen. Hansi hat schon eine längere Kreuzfahrt geplant, auf der er mit Theresia die Seetage ausführlich erkunden will. Viel Spaß und Erfolg Hans und Theresia. Hoffentlich findet sie nach den Seetagen an Land, rechtzeitig aufs Schiff zurück. Der Kapitän wartet nämlich nicht, wenn man die Ausflüge auf eigene Faust macht und nicht zum Zeitpunkt des:

‚alle man an Bord‘ zurück ist. Dann bleibst du auf dem Kontinent der Seetage und kannst mit deinem Ego eine Sekte gründen. Es ist aber total egal, wie schnell, langsam, oder wohin man reist, es kommt sowieso immer nur auf den Blickwinkel an.

Ich blicke aus dem Winkel meines Hundekörbchen, mal wieder auf das belagerte Bett. Ein Chor der unterschiedlichsten gegrunzten Töne, schwirrt durch das abgedunkelte Schlafzimmer, oder besser gesagt, durch die Höhle der territorialen Vierbeiner und des dreibeinigen Rudelführers. Diese, extra für mich komponierte Melodie, ist mein Einstieg in die allmorgendliche, routinemäßige Meditation. Heute gehe ich einmal in meine 5. Herzkammer hinein und tauche ein in die Visionskraft des Schöpferlichtes. In der 5. Herzkammer treffe ich mein höheres Selbst, mein inständiges Gewissen. Ich hole mir Inputs, wie ich meinen Tag in Ruhe und Gelassenheit bewältigen kann. Im Schneidersitz, sitze ich im Hundekörbchen auf meinem Meditationskissen. Gassho Haltung, ich begrüße das Göttliche in mir und los gehts.

Ganz in meinem Rhythmus atme ich 2x langsam tief ein und noch tiefer wieder wieder aus. Nachdem ich langsam ausgeatmet habe, halte ich kurz inne, bis mein Körper von sich aus wieder nach dem nächsten Atemzug verlangt. Mein Parasympathikus ist nun aktiviert und mein ganzes System beruhigt sich sofort spürbar.
Weiter atme ich nun langsam und sehr tief ein, ohne meine Atmung willentlich zu beeinflussen. Ich visualisiere mir, daß ich durch mein Herz hindurch atme. Mit jedem Atemzug bekommt mein Herz frische, beruhigende und reinigende Energie, die es wirklich dringend benötigt. Bei jedem Ausatmen spüre ich, wie alles das, was mich belastet und Versehrtheiten hervorruft, durch jede Pore aus dem Körper wieder raus fließt.

Mein Herz ist jetzt der Mittelpunkt meines Blickwinkels und ich spüre eine tiefe, tiefe Liebe und Frieden in jeder einzelnen Zelle. Mein Atem fließt weiter sanft durch mein Herz. Ein wunderschönes Gefühl von Wärme ist in der Brust, Gefühle von Dankbarkeit und Liebe bauen sich weiter auf.

Das Höhere Selbst in mir ist unantastbar. Es ist pur und unendlich. In mir wirken die universellen, schöpferischen Kräfte. Jedes gesprochene Wort, jeder Gedanke entspringt der Schöpferkraft. Mit jedem weiteren Atemzug, akzeptiere ich mein inneres Licht und gehe in die Selbstliebe. Ich habe in meiner 5. Herzkammer eine Pinnwand aufgestellt, an die ich meine selbst geschriebenen Gedichte und Mantras pinne. Heute einmal liest mir mein inständiges Gewissen daraus vor:

Lachen und Freude

benetzt Herz und Seele

sie blühen auf

Traurigkeit verschließt Beide

sie werden trocken und spröde

am Tage deiner Geburt

beginnt dein Sterben

lache jeden Tag

auch über dich selbst

und du blühst auf

Den Text verinnerliche ich umgehend und bedanke mich bei meinem Höheren Selbst. Ein paar Minuten atme ich noch in Stille und dann erde ich mich so, wie das Erden im Wassermann Zeitalter sein darf.

Ich gehe ins 8. Chakra, eine Handbreit über meinen Kopf. Dort visualisiere ich mir eine Kupferrot-goldene Kugel. Ich sende aus dieser Kugel Strahlen nach Oben, nach Unten, nach Rechts und nach Links, nach Vorne, nach Hinten, nach allen Seiten. Nun bin ich verbunden mich mit Allen und Allem. Die Meditation ist beendet und ich öffne meine Augen. Mein Blick schweift durch das zwischenzeitlich ruhige Schlafzimmer und ich staune mit offenem Mund. Die Terrier und der Kater Gismo liegen einträchtig nebeneinander auf dem Rücken und sind platt wie 3 Flundern. Die Lefzen hängen auf die Bettdecke, alle 3 atmen relaxt und sehen total entspannt aus. Der Zank scheint ins Koma gefallen zu sein. Er schnarcht nicht mehr und liegt einfach nur friedlich neben den 3 tierischen Gurus. Tiere können das Wort LIEBE nicht schreiben, lesen, oder sprechen. Ihre Gefühle zeigen sie mir aber in diesem Moment auf allen Ebenen.

Leise schleiche ich mich aus dem Zimmer und bereite in meiner Wohnküche das Rudel-Frühstück vor. Am Eßtisch stehen 2 Stühle und nunmehr 3 Kindersitze. Kater Gismo hat ja die Terrier Bernie und Lilli mit dem Status der zu Bedienenden geimpft. Solange sie mich mit am Tisch sitzen lassen, ist es mir aber recht. Einfach so am Tisch zu sitzen, ist nicht immer leicht. Zank ist ja ein verwöhntes Einzelkind und ziemlich maulfaul am Frühstückstisch. Das Gespräch mit ihm, hinter seiner Morgenzeitung verläuft zum großen Teil so:

„Butter ist alle,"... ein Augenblick Stille, ich lege mein Brötchen zur Seite und die Butter steht vor seinem Teller.

„Kaffee ist alle, nochn Becher,"... ein Augenblick Stille, ich verschlucke mich hastig am Apfel und der frische Kaffeebecher steht vor Zank.

Irgendwie habe ich das Gefühl, daß die Vierbeiner sich gegenseitig angrinsen und die Show genießen. Ehe der am Stuhl festgewachsene Ehemann noch eine Forderung raushauen kann, mache ich die Ansage:

„Ich war heute morgen schon kacken, es ist jetzt der richtige Zeitpunkt für Dich, ins Klo zu gehen. Falls Du jetzt aufs Klo mußt, das erledigst Du aber alleine. Ich kann und will auch nicht noch für Dich auf die Schüssel gehen. Viel Erfolg wünsche ich Dir.

Eine Antwort bleibt er mir schuldig, weil ich den Raum schon verlassen habe und das klingelnde, nervige Haustelefon von ihm bedient werden muß. Schwiegermutter bittet um unser Erscheinen. Punkt 15 Uhr sollen wir antreten. Treffpunkt ist bei Hansi, auf seinem Hausboot im Harburger Hafen. Wir sind mega gespannt, wie sich die beiden, aufbereiteten Senioren dort niedergelassen haben und vertragen.

Die Vierbeiner bewachen unser heimisches Nest während unseres Ausflugs. Pünktlich treffen Zank und ich am himmelblauen Hausboot im Hafen ein. Theresia öffnet die Tür. Sie trägt, einen zum Boot passenden, hellblauen Matrosenanzug mit einer weißen, überdimensionalen Schleife im sandfarbig gefärbten Haar. Dagegen sieht der Hansi in seiner thailändischen Fisherman Hose mit Strohhut, ziemlich relaxt aus. Da hat sich der Witwer ja ein tolles Heim geschaffen. Eine Stahlschute aus den frühen 40 er Jahren dient als Basis für 2 Etagen, mit fast 85 qm Wohnfläche. Der Ausblick von der Sonnenterrasse in den Hafen, ist einfach toll. Die Einrichtung ist Maritim und der Wohnraum gleicht einer Kapitäns-Kajüte. Es fehlt an nichts, alles ist sehr gepflegt, stilvoll und trotzdem alltagstauglich zusammen gestellt. Theresia kommt aus dem Schwärmen nicht mehr heraus.

Damit sogar der Kuchen einen maritimen Touch bekommt, hat sie einen Butterkuchen gebacken und den statt mit Butterstreuseln, einfach mal mit Krabben belegt. Zusätzlich zum Kaffeebecher wird ein Gin Tonic mit Zitrone serviert. Nun kann ich es mir doch nicht verkneifen, zu murmeln:

„Das ist alles ganz toll, aber an Skorbut leiden wir nicht. Ich bin immer noch trockene Alkoholikerin und bleibe das bis an mein Lebensende. Den Aquavit kannst du gerne im Kühlschrank lassen."

Hansi blickt mich entsetzt an und rückt etwas ab mit seinem Stuhl. Er wirkt etwas verunsichert und ich beruhige ihn mit den Worten:

„Du kannst wieder näher heran kommen, es ist kein Virus. Es ist auch nicht ansteckend. Das betrifft nur mich und ihr Drei könnt gerne weiter trinken."

Den mit Krabben belegten Butterkuchen lasse ich mir schmecken, der hat was spezielles und ich werde ihn einmal kopieren. Zank besichtigt mit Hansi die technische Ausstattung der Unterkunft und ich nehme derweil einmal Theresia unter die Lupe. „Wohnst du jetzt ständig hier beim Hansi? Was sagen deine Freundinnen dazu, daß du zur Wasserratte mutiert bist? Kommt deine fleißige Putzfrau auch zu euch hier aufs Boot, oder hast du eine Nixe eingestellt, die mit ihrem Fischschwanz den Boden feudelt?" Theresia schmeißt sich tief in ihren Ledersessel und stöhnt erbärmlich:

„Das mit dem Putzen macht der Hansi alles alleine, da kennt der nix. Meine Freundinnen lade ich erst ein, wenn ich meine Garderobe runderneuert habe. Es gibt grad ein riesiges Problem mit meinen Schuhen hier an Bord. Ich soll wirklich Turnschuhe ohne Absatz tragen. Meine High Heels liegen in einem gelben Sack unter Deck. Da kennt der Hans kein Pardon und es wird deswegen hier bestimmt noch viel Streit geben."

Das glaube ich auch. In den Jahrzehnten, mit dieser Schwiegermutter an meiner Seite, habe ich sie nicht ein einziges Mal ohne Stöckelschuhe, geschweige denn in Sportschuhen, gesehen. Ihre Wirbelsäule wird jubeln, wenn der Kapitän sich da durchsetzt. Da Theresia ihn aber im letzten Satz schon mal als HANS betitelt hat, statt Hansi zu sagen, gehe ich davon aus, daß heiße Diskussionen anstehen. Da werde ich mal abwarten und Tee ohne Rum genießen. Ein begeisterter Zank kommt Arm in Arm mit dem Schiffsbesitzer ins Wohnzimmer zurück und beglückwünscht seine Mutter zu ihrer neuen WG. Wir verabschieden uns von Hans im Glück und seiner blauen Matrosin. „Na, wie lange hält es Deine Mutter auf diesem Schiff aus?" möchte ich gerne wissen.

„Wieso, die ist doch überglücklich da an Bord. Die werden bestimmt noch heiraten, oder sich mindestens verloben," sagt mir der begeisterte Sohn, einer nicht so sehr begeisterten Mutter, die absatzlose Turnschuhe verpönt.

Zuhause angekommen, ist in unserer Rudelhöhle auf den ersten Blick alles in Ordnung. Der zweite Blick registriert die offene Kühlschranktür und eine leere Schüssel, in der ich vor Abfahrt noch frisch abgebratene Frikadellen gelagert habe. Lilli liegt mit einem prallen Bäuchlein auf der Fensterbank und zeigt mit der rechten Pfote auf Gismo. Bernie sitzt in seinem Hochsitz am Tisch und faltet die Vorderpfoten zu einem Gebet. Er sieht hungrig aus und wirkt ziemlich erschöpft. Katze Gismo hängt quer über der leuchtenden Stehlampe und wärmt sich den Pelz. Das Trio hat das Haus doch gut bewacht. Im Wohnzimmer ist keine adoptierte Feldmaus zu sehen und Zank bekommt nun statt der frischen, aber leider nicht auffindbaren Frikadellen, eine Tüte nasses Hundefutter auf seine Nudeln. Ich deklariere das Menü als:

„Pasta el Lilliana."

Die Geschmacksnote Huhn mit Pansen, schmeckt ihm ausgezeichnet und er denkt, es ist eine fertige Nudelsoße aus dem Glas. Geht doch auch mal so, Hauptsache es schmeckt. Demnächst kann Zank ja Zuhause bleiben, wenn ich zu seiner Mutter fahre. Mit der Security-Köter-Katzen-Gang, kann er gerne zusammen aus einem Napf futtern.

Kapitel 4

So gehen einige Wochen hektisch, oder ruhig gelassen ins Land, in denen wir wenig, bis gar nichts von Theresia und ihrem Hansi hören. Vielleicht mußte Hansi sein `i` ja schon über Bord seines Hausbootes werfen und darf nun bis zur Bewilligung von highheel-artigen Turnschuhen, als Matrose Hans, im Maschinenraum die Rohre hellblau streichen. Theresia traue ich alles zu. Zank sitzt mit seinem Computer auf der Terrasse und spielt Schach gegen sich selbst, als es stürmisch klingelt und jemand gegen die Haustür hämmert.

Man soll den Tag ja nicht vor dem Abend loben und darum öffne ich ohne Erwartungshaltung die Tür. Im Türrahmen steht eine große, schlanke heulende Theresia. Die Styl-Ikone hat rote Sneaker High Heels mit 13 cm Absatz, unter einem silberfarbenen XXL Segelanzug an und einen Unterliekstrecker quer über die Schultern gehängt. Dahinter steht mit offenem Mund der Hansi und kann sich ein Husten schlecht verkneifen. Theresia schiebt mich zur Seite, läuft direkt an mir vorbei in Richtung Terrasse und sagt:

„Ist denn hier Niemand, der mir mal helfen kann?" Okay, wenn ich für sie ein Niemand bin, bin ich auch niemand, der jetzt Kaffee kocht und oder ihr zuhört. Ich setze mich an meinen Schreibtisch und ignoriere die Mutter allen Ärgers. Hansi locke ich unter dem Vorwand, ihm ein paar Urlaubsfotos zu zeigen, in meine Nähe. Zerknirscht setzt er sich zu mir und sagt leise in mein Ohr: „Pass mal auf, das wird hier gleich recht lustig. Ich denke, sie wird heute bei euch schlafen wollen." Da ich erstmal ein paar Infos zum Zustand der Schwiegermutter benötige, frage ich den netten Hans danach und er legt los:

„Heute morgen sind wir nach Grömitz gefahren, um einen relaxten Seetag dort am Wasser zu verbringen. Resi findet in einem Schuhladen dann tolle Sneakers mit hohem Absatz. Sie soll sich ja bei mir wohlfühlen, so stimme ich dem Kauf zu, damit sie diese auf meinem Hausboot tragen kann. Bevor wir irgendwo zum Mittag essen gehen, will Theresia einmal ins Wasser laufen, weil es schon ziemlich heiß ist. Sie wirft alle ihre Sachen in die große Strandtasche, auch ihren ganzen Schmuck und die goldene Rolex, damit nichts naß wird. Theresia geht ins Wasser und ich klöne mit dem Strandkorb Vermieter. Wir stehen wirklich nur so 3-4 Meter von der Tasche entfernt und ich achte darauf. Plötzlich bekomme ich einen Lederball von hinten, voll auf den Kopf geschossen und falle in den Sand. Irgendwie bin ich total weggetreten. Eine junge Frau, nur mit einer knappen Bikinihose bekleidet, macht eine Mund zu Mund Beatmung und liegt dazu direkt, mit nacktem Oberkörper über mir. Das fühlt sich richtig toll an. Der nackte Busen auf meiner Brust und dazu dieser Kuss. Ich lasse die Augen noch eine Weile geschlossen und geniesse das. Dann kommt Resi aus dem Wasser gelaufen, zieht die junge Frau von mir herunter und haut ihr einen Kinnhaken. Duselig stehe ich schnell auf und trenne die beiden Frauen. Inzwischen sind hunderte Menschen um uns herum versammelt und einige lachen sich gerade hin und weg. Die Situation wird geglättet und Theresia sucht ihre Tasche. An der Stelle, wo vorher Resis Tasche stand, steht nun ein Pappkarton. Die Tasche ist verschwunden, mit dem ganzen Inhalt. Keiner der Leute hat etwas gesehen, weil alle auf mich geachtet haben. Theresia hat ja nur den nassen Bikini am Leib und will sich abtrocknen und ihren Schmuck wieder anlegen. Wirklich nirgendwo ist ihre Tasche zu finden und alle umliegenden Leute helfen beim Suchen. Die Tasche bleibt verschwunden, Resi heult und wir öffnen einmal den Pappkarton, der statt der Strandtasche auf unserer Wolldecke steht. In diesem Karton liegt ein Tau und der Segelanzug, den Resi jetzt anhat. Obenauf liegt ein kleiner, krakelig geschriebener Zettel mit dem Satz:

`Danke für alles, du Schlampe. Zieh den Anzug an, oder erhänge dich an dem Tau.`

Das kann doch nur einer gewesen sein, der uns kennt, wer macht denn so etwas! Einige der Leute lesen den Zettel, lachen darüber und einige schütteln empört den Kopf. Resi zieht den Segelanzug an, hängt sich das Tau um und wir fahren zur Polizei, um eine Anzeige zu machen.

Auf der Wache ist ein völlig unterforderter Polizist, der da eine große Nummer draus machen will. Er fordert Theresia auf, den Anzug auszuziehen, weil der zur K.T. Untersuchung nach Kiel geschickt werden muß. Das will Resi nicht, weil sie nichts anderes anzuziehen hat und sagt dem Polizisten, daß er sie mal am Arsch lecken kann. Das will der aber nicht, sondern er droht ihr mit einer Anzeige, wegen Beamten Beleidigung. Unsere Anzeige wegen des Diebstahl wird zurückgezogen und nun sind wir hier gleich bei euch gelandet, um weitere Maßnahmen zu ergreifen." Hansi ist fix und fertig, nach dem Bericht und ich koche ihm erstmal einen Tee mit viel Rum drin. Den braucht er jetzt dringend. Durch das Wohnzimmerfenster sehe ich, wie die Schwiegermutter vor Zank gestikuliert und heftig auf ihn einredet. Beide kommen zu uns an den Schreibtisch, wo wir immer noch sitzen und Zank sagt: „Du mußt da mal etwas machen, aber jetzt gleich. Das geht ja gar nicht. Wie bekommt Mutter denn jetzt ihre teure, goldene Rolex zurück?" Beide schauen mich an und haben eine Erwartung, die sie gleich in die Tonne treten können.

„Um das einmal klar zu stellen, ich mache in der Angelegenheit gar nichts. Das war gestern die Aufgabe des   Polizisten in Grömitz, der deiner Mutter ja lieber den Arsch lecken soll. Sie kann da morgen noch einmal hin fahren, sich entschuldigen und die Anzeige machen, oder sie kauft sich eine neue Uhr. Den Segelanzug und das Tau kann sie ja bei Ebay einstellen, dann hat sie eine Anzahlung dafür. Punkt. Aus. Kein weiterer Kommentar meinerseits dazu. Nur noch eins, ich kann den Dieb voll verstehen, falls er Theresia wirklich kennt, denn ich war auch schon oft nahe dran, so einen Zettel für deine Mutter zu schreiben."

Die entrüstete Resi bekommt Schnappatmung, zieht Hansi vom Arbeitsstuhl und geht zur Haustür. Über die Schulter ruft sie mir noch zu:

"Du blöde Ziege kannst mir genauso gestohlen bleiben, wie die goldene Rolex. Der arme Dieter hat eine bessere Frau verdient, als Dich. Ich will euch alle niemals wiedersehen." Diese Drohung sauge ich auf, wie ein Kompliment und hoffe, daß sie die Worte nicht wieder vergißt.

Mit Theresia herrscht nun erstmal Funkstille. Hansi hält mich aber fast täglich auf dem Laufenden, über ihre Zoten, die sie so reißt. Von Ihm erfahre ich auch, daß die beiden eine Kreuzfahrt gebucht haben und in die Karibik starten. 24 Tage ab Jamaika, bis Hamburg. Über den großen Teich und mit ganz viel Seetagen, um zu relaxen. Für Hansi freue ich mich sehr und hoffe, daß er heil aus der Nummer heraus und gesund zurück kommt. Resi kann er vor Ort gerne in der Destination Seetag´ aussetzen.

Mal abwarten, was sich da so alles ergibt.

Kapitel 5

An einem wunderschönen, geruhsamen Sonntagmorgen besuchen mich die beiden Enkelinnen, Anna und Lena. Sie kommen nur selten, denn ich bin nur die 2. Wahl, in der Oma-Liga. Die Mutter meiner Schwiegertochter, die Marie-Anne, ist niveauvoller und spricht nicht so eine Fäkalsprache wie ich. Bei Oma Anne gehen die Mädels zum pullern auf die Toilette, bei mir wird auf dem Klo gepinkelt. Männer im Sitzen, Frauen können sich über die Kloschüssel stellen. Wenn ich mir vorstelle, daß die 10 jährige Anna in der Schule zu einem Klassenkameraden sagt: „Halte bitte mal meinen Schulranzen, ich muß mal pullern," dann pinkel ich mir gleich selbst vor Lachen in die Hose. Die Kinder müssen auf das Leben vorbereitet werden und das findet nunmal nicht immer auf einer rosa Wiese, auf dem Rücken eines Einhorn statt. Egal, die Anne ist nicht da und dann geht auch mal die Fäkal Oma für einen Tag. Meine beiden lieben Enkelinnen sind anti-autoritär erzogen, wenn man bei den beiden Zicken überhaupt von Erziehung sprechen kann. Anna ist jetzt 10 und Lina ist gerade 8 Jahre alt geworden. In den ersten 2 Lebensjahren haben die Babys durchgehend geschrien, bei Tag und Nacht. Als ihre Eltern dann einen Psychologen benötigen, damit sie diese Schreigören nicht zur Adoption freigeben, steigen die zwei Kids auf gezielte Terroraktionen zur Umerziehung ihrer Eltern um. Sie haben Bauchschmerzen, wenn sie ihr Zimmer aufräumen sollen.

Okay, dann macht die Mama das mal. Sie haben Ohrenschmerzen, wenn sie zum Friseur sollen. Okay, die Haare dürfen meterlang wachsen und werden nicht mehr geschnitten. Gewaschen werden können die Haare sowieso nur des Nachts, wenn die Kinder im Tiefschlaf auf Wolke 7 sind. Die Mädels haben Migräne und Kopfschmerzen, wenn im Zeugnis eine schlechte Note steht. Okay, die Repressalien werden einfach auf unbestimmte Zeit verschoben. Blasenentzündung und auf Knopfdruck heulen, steht im täglichen Programm und wird immer eingesetzt, wenn keine Diskussion aufkommen soll. Aus meiner Sicht hätte man aus Anna und Lena auch nur ein Kind namens Anna-Lena fabrizieren können. Meine Meinung dazu, habe ich dann einmal auf einer Geburtstagsfeier der Oma Anne, am Kaffeetisch kund getan. Oma Anne, die Eltern der beiden Quäker und einige andere Verwandte, haben mich daraufhin dann monatelang nicht mehr aufgesucht. Das war eine sehr ruhige, angenehme Zeit. Wahrheit kann ent-spannend sein. Dem Vernehmen nach sind aber die meisten Kids in diesem Alter genauso und es laufen überall die Seifenopern:

`Familien am Abgrund.` Viele dieser Eltern reden ständig davon, einen besseren, sauberen Planeten für Kinder zu hinterlassen. Die dürfen auch gerne einmal darüber nachdenken, saubere, besser erzogene Kinder für den Planeten zu hinterlassen.

Gelegentlich schauen die 2 ja auch bei mir mal rein und ich küsse immer den Boden vor der Haustür, wenn sie wieder raus und auf dem Heimweg sind. Nach einem Enkel-Seehtag gleicht unser Haus einer Müllhalde. Die Teppiche hängen über den Lampen an der Decke. Sämtliche Küchenschränke sind leergeräumt und die gesamten Vorräte verteilen sich auf 3 Etagen. Das Spiel nennen sie `Kaufhaus` plündern und ich muß danach tagelang die Putze machen. Unsere Haustiere verbringen so einen Besuchstag immer im Gartenhaus bei den Nachbarn. Dort lassen sie sich eine Futterbox anliefern und genießen ihre Ruhe. Vor dem letzten Besuch habe ich mich mit ins Gartenhaus gelegt und wollte mit den Tieren relaxen. Meine Nachbarin holt mich da wieder raus und sagt, daß ab 4 Personen eine Miete fällig wird. Komisch, der Zank darf alleine mit ihr in die Hütte und er bekommt auch immer Kaffee, Kuchen und Cognac serviert. Neulich höre ich, wie er ihr nach dem 4. Cognac sagt, daß er einmal ihre schöne, wuschelige Buchsbaum Hecke stutzen will, damit der Frauenmantel sich darunter besser ausbreiten kann. Nebenan steht nur ein Jägerzaun als Grenze, er muß da was verwechselt haben.

Gleich rollen die Kids an und ich freue mich wirklich darüber. Leider bin ich nicht die geduldigste aller Omas und habe daher Maßnahmen und Besuchsregeln für einen Enkel-Seehtag erstellt. Natürlich haben die 2 Gören ein Mitspracherecht bei der

Gestaltung des Tages. Ich überlasse ihnen immer die Auswahl. Auf einer alten Schultafel, die ich beschriftet in den Flur am Hauseingang stelle, stehen die Themen. Mein unerwartet gut gelaunter Sohn Gawain, bringt heute mal die Mädels und sofort sprinten sie an die Tafel. Meine Vorschläge heute: Bodenfliesen putzen, oder eine Delphin-Meditation, Wäsche bügeln, oder ein Mandala bunt ausmalen, Geschirr spülen, oder hübsche Ketten basteln.

Lena nimmt die Kreide und streicht alles durch. „Oma, du bist doch eine Hexe, oder Zauberin, hat Oma Anne gesagt. Wir wollen heute mit Dir einen Harry Potter Zauberstab bauen und auch gleich ausprobieren." Wo sie recht hat, hat sie recht. In meinem Bücherschrank stehen wirklich alle Bücher des Franz Bardon. Die ´Praxis der magischen Evokation´, ist eine meiner liebsten Beschäftigungen in meiner kargen Freizeit. Natürlich bauen wir heute Zauberstäbe. Jetzt ist Opa gefragt und er erklärt sich bereit, die geeigneten, jungen Triebe eines Wacholderstrauches zu holen. Opa macht nun die Vorbereitungen und holt das Mark aus den Trieben. In diese hohlen Stäbe werden wir später dann die von Hand geschriebenen Zaubersprüche und die magischen Zutaten stecken. Erst einmal erkläre ich den Mädels aber, daß da auch noch Asche, Fingernägel, Blut, Urin und etwas Sperma von ihrem Vater hinein muß. Nach einer minutenlangen Diskussion über die Zutaten, einigen wir uns darauf, statt Sperma vom

Vater, einen Popel von Opa zu nehmen. Geht auch, da kommen wir auch schneller ran. Ganz intensiv lesen wir dann in den Büchern der Magier und beschriften viele kleine Zettel mit Zaubersprüchen und Wünschen. Das ist endlich einmal ein Oma Seehtag, der alle begeistert und wir sind alle voll im Einsatz. Auf meine Frage, warum sie das nicht mit Oma Anne machen, sagt Anna wichtig:

„Menno Oma, das darf die gar nicht wissen. Die hat doch einen riesengroßen Schiß vor solchen Dingen und kann das auch gar nicht. Dafür haben wir doch Dich und den Handwerker Opa."

Das Stimmt! Ich bemerke so nebenbei, daß das Wort ´Schiß´ ganz locker aus Anna`s Mund kommt. Das Mädel hat doch meine guten Gene und das ist auch Klasse so. Zwischenzeitlich hat der Opa Zank die hohlen Zauberstäbe zur weiteren Bearbeitung fertig gestellt. Die Zutaten für einen effektiven Zauber und gute Magie, werden in den Hohlraum geschoben und kleine Wunschzettel dazu. Eine Versiegelung der Zauberstäbe nimmt Opa vor und die Kids setzen noch jeweils eine Kristallkugel auf die Spitze. Magie knistert galaktisch durch das Wohnzimmer und die Enkelinnen sind hin, weg und auf dem Weg in den Garten. Anna steht zwischen den Rosen und hält ihren Stab in die Sonne. Sie flüstert ihre Zaubersprüche in den warmen Wind und ich bekomme so nebenbei mit, daß der Tom sie morgen auf dem

Schulhof küssen soll. Die kleinere Lena steht mit geschlossenen Augen auf der Gartenleiter. Mit tiefer Stimme und lockerem Arm, wie ein Dirigent, beschwört sie mit ihrem Stab das Gartenhaus der Nachbarn.

„Bernie,   Lilli und Gismo, ihr kommt sofort nach Hause und werdet dann zu großen Dinosauriern." Tatsächlich sprintet einer, nach dem anderen durch die Katzenluke ins Freie. Die 3 springen über den alten Jägerzaun und setzen sich dann übereinander auf die Sprossen der Leiter. Fasziniert schauen alle Drei auf die glitzernde Kristallspitze am Zauberstab. Lena schaut mit offenem Mund auf ihre Zauberei und legt jetzt richtig los. Sie tanzt mit dem Stab leichtfüßig über den Rasen und der Kristall glänzt und tanzt im Sonnenlicht. Die 3 Vierbeiner laufen hinter ihr her und es sieht aus wie eine lustige Zirkusnummer. Zum Glück behalten die Tanzmäuse ihre Körpergröße und mutieren nicht zu Dinosauriern. Anna gibt ihrem Stab auch noch weitere Anweisungen und dann haben wir uns ein großes Eis verdient. Wir räumen noch ein paar Abfälle vom Basteln zusammen und auf dem Weg in die Garage kommen wir an den Mülleimern vorbei. Anna ist mit ihren 10 Jahren, bereits eine begeisterte Veganerin und Tierschützerin. Sie öffnet unsere Mülltonne und bricht in ein lautes Geschrei aus. „Hilfe, Opa, Hilfe. Hier sind ein paar dicke, weiße Maden in der Tonne. Die bekommen da keine

Luft drinnen. Gib mir mal einen Karton, ich muß sie in den Garten bringen."

Opas Hilfe gestaltet sich ganz anders als von Anna erwartet. Er geht in die Garage, holt den großen Sack Winter-Streusalz und kippt die Hälfte über die Maden. Salz entzieht Maden die Flüssigkeit und tötet sie ab. Was den Maden die Flüssigkeit entzieht, treibt Anna die Flüssigkeit in die Augen. Sie schreit und brüllt: „ Opa, Du bist ein Mörder, mach sie wieder lebendig." Opa kann seinen Zauberstab aber hier nicht einsetzen, der funktioniert wohl nur bei der Nachbarin im Gartenhaus. Er nimmt Anna in den Arm und verspricht ihr ein riesiges Eis und eine heiße Schokolade, wenn sie aufhört zu flennen. Es folgen ein neues Katzenbuch, eine Entklettungs-Haarbürste und ein paar neue Turnschuhe. Wieder gut? Nein, so schnell geht das nicht. Schließlich kann man dem blöden Opa mit der Tötungsaktion ja noch etwas Taschengeld entlocken. Genehmigt. Als endlich wieder alles in trockenen Tüchern ist, sagt die fleischfressende Pflanze Lena: „Die Proteinbomben sind doch jetzt gesalzen, Opa. Kann man die nun auf einem Salat oder mit Nudeln essen?"

Kann, muß man aber nicht. Erstmal in die Eisdiele.

Anna bestellt 5 Kugeln veganes Eis einer Sorte, mehr haben die nicht. Bitte ohne Sahne von der Kuh. Lena sitzt vor 5 Kugeln Schoko, Marzipan, Erdbeere,

Nuss und Stracciatella, mit doppelter Sahne. Die darf auch gerne mal von einem Ochsen stammen, Hauptsache legga. Opa ordert einen Becher Cappuccino, eine Eistorte und bleibt mit seinem Blick im Ausschnitt der strohblonden Eis-Fachverkäuferin hängen. Meine Augen kleben an dem niedlichen, kleinen Welpen am Nachbartisch und meine Zunge kühlt ein Mineralwasser. Allergisch zu sein, gegen fast alles, was schmeckt, macht das Leben nicht einfacher, ist aber gesund. Anna ißt im Schneckentempo ihr Vegan-Eis und Lena hat ihren Schlemmerturm fast abgebaut, da landet eine dicke, fette Scheißhaus-Fliege mitten auf dem Tisch. Während Anna verzückt darauf schaut, Opa angeekelt knurrt, ist mir das total egal. Lena nimmt nun ihren langen Eislöffel und haut die Fliege blitzschnell breit. Anna brüllt durch die Eisdiele, daß Lena in der Hölle landet, wenn sie immer Tiere tötet. Die kleine, schlaue Lena antwortet gewitzt:

„Nö, das stimmt nicht. Oma Renate hat gesagt, wenn man tot ist, kann die Seele überall gleichzeitig sein. Ich habe der ollen Fliege doch nur einen Gefallen getan. Jetzt kann sie überall gleichzeitig sein, trifft andere tote Fliegen und kann viel erleben, ohne daß sie dafür noch rumfliegen muß. Die kann mir doch jetzt dankbar sein, oder etwa nicht?"

So eine Logik stimmt mich fröhlich, wir lachen noch eine Weile und fahren zurück nach Hause, weil der

Papa um 17 Uhr die Verabschiedung einläuten will. In den letzten Minuten in unseren Räumlichkeiten, geht alles ziemlich normal zu. Getränke stehen auf dem Tisch. Knabbereien liegen überall herum. Süßigkeiten sind sichtbar verteilt. Die Mädels und Opa, bräunieren mit etwas Möbelpolitur die Zauberstäbe und ich mache derweil einige Yogaübungen im Hundekörbchen. Die 4 Beiner sitzen wie immer auf dem Sofa. Im Wohnraum ist eine harmonische Stimmung. Bis... die Haustür sich öffnet, mein Sohn Gawain tritt ins Zimmer und die Stimmung springt ins Klo. Anna springt dem Vater ins Genick, klammert sich von hinten an seine Augenbrauen und brüllt los: "Endlich kommst du mal, ich muß Dir was sagen, Opa ist ein Mörder." Lena beißt sich in seinem Knie fest und wimmert: "Ich habe so einen fürchterlichen Hunger. Durst habe ich auch, hier gibt es ja nichts."

Die Gören haben einen Schalter umgelegt und sind wie ausgewechselt. Nichts bringt sie wieder in die Spur. Es wird nur noch gekreischt, gehüpft, geheult und gejammert. Opa Zank schaut mich fassungslos an und ich frage meinen Sohn:

"Was soll das denn werden?" Der antwortet doch glatt: „Wieso, was soll los sein, die Mädels sind doch so wie immer." Okay, alles ist wie immer. Die 3 verlassen unser Haus und ich küsse den Boden vor der Haustür. Alles ist wie immer.

Eine Stunde später klingelt mein Handy. Eine extrem mürrische Schwiegertochter ist dran. Im guten Glauben, daß sie sich für den gelungenen Tag bedanken will, muntere ich sie auf:

"Na, sind die Kiddy begeistert? Es waren schöne Stunden hier bei uns, wir haben viel gelacht." Ihre Antwort kommt kurz, knapp und ein wenig gereizt:

"Was bist Du bloß für eine Oma. Die beiden sitzen im Kinderzimmer und weinen, weil Du mit ihnen kein `Mensch ärgere dich nicht` gespielt hast. Du nimmst Dir nie die Zeit, um richtig etwas mit ihnen zu machen, wirklich schade. Nächstes mal gehen sie lieber wieder zu ihrer Oma Anne."

„Finde ich auch besser, bring sie zu Anne," sage ich fröhlich ins Mikrofon. Ich werde jetzt mal eine Runde **`Mensch ärgere dich nicht über soviel Blödheit`**, gegen mich selbst spielen.

Kapitel 6

Rettungsringe sind in der Regel meist aus Kork mit einer Dichte von 0,25 g/cm3 und haben in etwa eine Masse von 3,5 Kg. Die Kosten dafür liegen in einem breiten Spektrum, von-bis, alles ist drin. Das sind die Rettungsringe, welche in der Seefahrt benötigt werden. Es gibt aber auch Rettungsringe, die eine Beziehung, eine Situation, eine Stimmung und oder irgend etwas Anderes retten sollen. Die sind dann eher nicht aus Kork. Es gibt da einen Rettungsring aus Platin, an dem hängt eine heiter bis wolkige Geschichte dran.

Schwiegermutter Theresia hat sich nach der Kanaren Kreuzfahrt, bei ihrem wiedergefundenen Hansi eingenistet. Auf dem Hausboot im Harburger Hafen läßt es sich gut leben. Zwischenzeitlich hat sie auch schon mal alle ihre Freundinnen, Bekannte und Nachbarn zu einer Personality Show eingeladen. Da nun alle über ihren neuen Lebensstil, als Hausdame auf einem Hausboot Bescheid wissen, tritt ihr langsam eine chronische Langeweile auf die Füße. Im Hafen ist nicht viel los. Hansi genießt seine Ruhe, putzt und kocht für seine Resi und hält sie mit kleinen Überraschungen bei Laune. Wenn Theresia in schlechter Stimmung ist, vergißt sie manchmal etwas zu essen. Bei einer Kleidergröße von 32+, ist da aber kaum noch Luft nach unten. So passiert es, daß bei einer abendlichen Runde um den kleinen Hafen, ein großes Malheur passiert. Die beiden gehen Arm in Arm über die gepflasterte Promenade und plötzlich steht der Hansi alleine da. Theresia hat in den letzten Wochen stark abgenommen, ist dünn wie ein Ausrufezeichen und leicht wie eine Feder. Sie flutscht beim Flanieren, neben Hansi einfach durch den Gullydeckel in das Abwassersiel. Lediglich ihr goldener, skulpturaler Designer Strohhut, liegt noch sichtbar auf dem Gehsteig. Hansi bringt so leicht nichts aus der Ruhe, aber nun ist auch er etwas ratlos, denn den Gullyrost kann er auch unter großer Kraftanstrengung, keinen Zentimeter nach Oben bewegen. Er schmeißt sich auf den Boden und ruft in den Schacht: "Mausi, Liebling lebst du noch? Geht es dir gut? Ich hole dich da raus."

Mausi Liebling Resi ist noch sehr lebendig und schreit zurück: "Spinnst du? Wieso schubst du mich hier rein? Es stinkt hier, ist arschkalt und ich brauch sofort meinen Handspiegel, um meine Lippen nach-zuziehen." Resi steht in einer stinkenden, schleimi-gen Brühe und kann auf Zehenspitzen stehend, gerade noch von unten, den Rand des Deckels erreichen. Ihre knallrot lackierten, frisch manükierten, überlangen Fingernägel gucken wie Fliegenpilze, durch die Löcher aus dem Siel heraus.

Hansi ist sich keiner Schuld bewußt, nimmt seiner Flamme diese Reaktion aber nicht übel, in dieser blöden Situation. Da gerade niemand in der Nähe ist, um beim Anheben des Gullydeckel mit anzufassen, läuft Hansi in die Richtung des Hafenmeisters. Er schaut noch einmal über die Schulter zum Gully und bemerkt, daß eine herrenlose, riesige Dogge mitten über dem Siel stehenbleibt. Auf den Strohhut von Theresia pinkelt der Hund einen langen, riesigen Strahl ab, welcher dann durch die Löcher auf Resi trifft. Die darauf ertönenden Schreie und Schimpfwörter aus dem Abwasserkanal, sind kilometerweit zu hören. Sie enden erst, als Hansi mit dem Hafenmeister und dem jungen, blonden, zwischenzeitlich eingetroffenen Hundebesitzer, den Deckel anhebt und Theresia befreit. Ohne sich zu bedanken, stößt sie den Hafenmeister seitlich über die Bordsteinkante, verabreicht dem irritierten Hansi eine Ohrfeige und lächelt den jungen Mann an:

„Sie sind mein Held, bitte bringen Sie mich sofort nach Hause." Der junge Mann schaut Theresia von Oben nach Unten und wieder zurück an. Er zeigt auf seine Dogge und sagt dann sehr langsam: „Eher nicht, meine Liebe, das macht ihr Mann bestimmt. Mein Hund muß noch seine Runde gehen und er wird manchmal etwas aggressiv, wenn einer Frau die Hand ausrutscht. Ich glaube, das möchten Sie grad nicht erleben."

Der Hafenmeister fragt Hansi, ob Theresia vor dem Absturz normal drauf war. Hansi nickt und wird dann gebeten, lieber nochmal mit seinem Liebling ins Krankenhaus zu fahren, um mögliche Folgeschäden auszuschließen. Damit etwaige Folgeschäden für ihn selbst ausgeschlossen sind, hakt Hansi die Resi unter und geht mit ihr zum Hausboot. Dort packt er Ihre Koffer, setzt sie ins Auto und lädt sie dann vor ihrer eigenen Wohnung ab. Er schaut sie mit einem traurigen, verlorenen Blick an und macht ihr die Mitteilung:

„Du tust mir sehr leid, aber ich tue mir auch leid. So möchte ich nicht mehr mit Dir zusammensein. Geh mal duschen und wasch Dir den Kopf, damit du wieder zu Dir kommst. Ich bin doch nicht dein Blödmann. Die nächste Zeit möchte ich erstmal alleine sein. Tschüssi, ohne Küssi." Hansi fährt nach Hause und läßt eine ziemlich blöd aus der dreckigen Wäsche guckende, übel riechende Theresia auf den Koffern sitzen. Inzwischen ist es 22:17 Uhr, die nach Hundepisse stinkende Schwiegermutter nimmt ihr Handy und ruft ihren Sohn Zank an. Der hat sich gerade bettfein gemacht und schaut mich an, als sein Handy klingelt.

`Hypomudda nervt!` leuchtet es grell im Display auf und ich sage sehr schnell, sehr laut und sehr bestimmend: „Denk nicht mal dran, daß ich Dir den Anruf abnehme. Deine Mutter, um diese Zeit, kann nur Ärger bringen. Geh ran, oder lass es sein, ist mir so was von schnuppe."

Der brave Sohn geht ran und bereut das sofort. „Du mußt gleich herkommen, ich sitze vorm Haus auf den Koffern und kann sie nicht reintragen. Es ist kalt, ich friere und habe auch noch nichts gegessen heute. Von Hans habe ich mich eben getrennt, den will ich nicht mehr sehen. Mach zu und bring Renate mit," höre ich aus dem Lautsprecher des Handys und schmeiße mich hysterisch lachend auf die Bettdecke.

„Fahr hin, oder nicht, mir egal. Ich komme nicht mit. Deine Mutter hat Personal, ich gehöre nicht dazu. Die Alte bringst Du nicht zu uns. Buche ihr eine Reise ohne Wiederkehr ins Weltall, oder verfüttere sie bei Hagenbecks Tierpark an die hungrigen Hängebauch-Schweine." Mehr Worte verliere ich nicht zum Thema 'Schwiegermutter' und verkrieche mich mit einer bösen Vorahnung unter der warmen Bettdecke. Funkstille, ich halte gerne meine Fresse und warte mal ab, was der späte Abend noch so bringt. Weil ich neugierig bin, rufe ich mal den Hansi an und erfahre seine Version des abendlichen Vergnügens. Ich glaube ihm, weil ich Theresias Lügengeschichten schon seit Jahrzehnten ertrage und warte auf meinen Ehemann, den gerade sehr beliebten Sohn. Mitternacht ist lange vorbei, da bringt der frühe, neue Morgen einen total genervten, meckernden Zank in mein Blickfeld. Er wirft seine Jacke aufs Bett und zetert los:

"Also der Hansi hat jetzt bei mir verschissen. Der hat Mutter einfach mit all ihren Sachen vor ihrem Haus abgesetzt. Sie ist im Hafen gestürzt und Fremde haben ihr geholfen, weil der Hansi mit dem Hafenmeister geklönt hat. So geht das nicht, wir müssen uns jetzt mal um sie kümmern. Sie hat sich von ihm getrennt, weil er so total rücksichtslos ist." Mein Gespräch mit Hansi, breite ich nun vor dem Meckerzank aus und sage noch: "Vergiß, was Deine lügende Mutter Dir erzählt hat und laß sie sich mal um sich selbst kümmern, dann hat sie was zu tun. Ich blockiere ihre Nummer erstmal für 4 Wochen, damit sie wieder runter kommt." Erstaunlicherweise stimmt mein Mann mir zu und blockiert seine Mutter ebenfalls, weil er sie unmöglich findet. Gut so.

Gut so, bis um 03:07 Uhr mein Handy klingelt und mein Sohn Gawain völlig aufgelöst dran ist. „Oma kann euch nicht erreichen, was ist los bei euch? Papa soll sie abholen, weil sie wieder eine Panikattacke hat. Sie will heute Nacht bei euch schlafen." „Alter Schwede, ich werde sie irgendwo im Niemandsland aussetzen, ich schwörs," knatter ich ins Handy und lege auf. Umgehend klingelt das Handy vom Zank. „Oma kann euch nicht erreichen, was ist los bei euch? Du sollst sie abholen, weil sie eine Panikattacke hat. Sie will heute Nacht bei euch schlafen," läuft die Platte nochmal ähnlich ab. Hundemüde, mit hängenden Lefzen und unmotiviert, knurrt Zank ins Handy:

„Deine Oma habe ich bis nach Mitternacht betreut. Wenn sie jetzt Langeweile hat, kann sie sich gerne ein Taxi rufen und `Hamburg bei Nacht und Nebel` erkunden. Sie kann sich auch ihre Fußnägel kariert lackieren, oder auf allen Vieren um den Block joggen. Ist mir Scheissegal, was sie heute Nacht noch veranstaltet. Mich, oder deine Mutter sieht sie dabei auf keinen Fall. Wir sind auch keine Aufnahmestelle für gefrustete Spinnerinnen. Fahr Du doch hin und   dreh ein Video mit ihr unter dem Motto: Ich Theresia, lüge in Zukunft mal etwas klüger, damit sich die Intelligenz der Angelogenen nicht verarscht vorkommt."

Aus der Tiefe meiner Bettdecke, rufe ich noch: „Morgen früh erzähle ich dir die ganze Geschichte. wimmel die Alte ab und geh schlafen, Sohn." Dann legt Zank auf, trägt beide Handys in den Keller und zieht den Stecker des Festnetz Anschlusses. Gute Restnacht, ohne Schwiegermutter, das muß jetzt mal so sein. Die hält genau 3 Tage Funkstille durch, dann steht sie Samstag morgens mit dem Wochenblatt auf unserer Terrasse. Völlig außer sich, knallt sie die neueste Zeitung auf die frischen Brötchen und heult los:

„Das ist ja wohl das Allerletzte! Lies mal hier diese Anzeige. Der blöde Hansi wird ja 80 und er sucht eine Mitfahrerin für seine geplante Kreuzfahrt. Bei

Sympathie sind weitere Reisen nicht ausgeschlossen, steht hier."

„Wenn er blöd ist und Du Dich von ihm getrennt hast, kann es Dir doch total egal sein, mit wem er verreist, warum bist Du sauer?" frage ich die hyperventilierende Schwiegermama. Zank nickt zustimmend und liest weiter seine Blindzeitung. Mein Brötchen schmeckt mir ausgezeichnet und ich denke gar nicht daran, der so meckernden, mageren Ziege etwas Leckeres vom Frühstückstisch anzubieten.

„Das läuft so nicht, ich werde natürlich mit dem Hansi fahren. Ruf ihn mal an und sage ihm das, jetzt sofort." blickt sie mich durch ihre Milchglasbrille an, die sie seit dem Ausflug in den Gully nicht geputzt hat. Solch niedere Arbeiten haben bisher immer ihr Gustav und danach der Hansi für die Dame erledigt. „Niemals, ich rufe ihn nicht an." Ich gebe ihr den Rat, sich unter einem anderen Namen auf die Anzeige zu melden und Hansi zu treffen, um sich wieder bei ihm einzuschleimen. Vielleicht klappt es ja und dann sehen wir sie wochenlang nicht, denke ich hoffnungsvoll. Theresia findet das eine tolle Idee und will diese sofort umsetzen. Dazu rauscht sie fröhlich gelaunt ab und unser Frühstück ist gerettet.

Vier Tage nach diesem Besuch, ist ein aufgeregter, lustiger Hansi in der Leitung. Er erzählt mir von der Versöhnung mit Resi. Diese hat sich doch bei ihm unbekannterweise, auf seine Anzeige gemeldet. Die beiden haben sich getroffen, ausgesprochen, versöhnt und neu verliebt. Theresia hat auch einen Eid abgelegt, daß sie sich auf der geplanten Kreuzfahrt und danach natürlich auch, anständig benimmt und keine Märchen mehr erzählen wird. Wenn Hansi es glaubt, mir soll es recht sein. So geschieht es also, daß die Beiden ihre Koffer packen und in Hamburg auf ein Kreuzfahrtschiff gehen. Sie wollen in einer tollen Junior-Suite Hansis 80en Geburtstag feiern und dabei in Norwegens Fjorde blicken. Hansi will mich täglich darüber auf dem Laufenden halten, ob Resi ohne Eskapaden durchhält. Das wünsche ich ihm von Herzen und freue mich auf 10 ruhige Tage. In unseren Handys, wird die Nummer der zu Kreuze gekrochenen Kreuzfahrerin blockiert und ich bin voller Erwartung, was den euphorischen Hansi so erwartet. Die Reise geht über Bergen, Hellesylt und Geiranger, in den wunderschönen, bekannten Geiranger Fjord. Sie sehen Andalsnes, Mode und Trondheim. Über Alesund geht es zum Eidfjord. (Da kann Resi ihren Eid, am wohl schönsten aller Fjorde, ja noch einmal ablegen) In Stavanger sehen sie den Lysefjord und haben danach noch einen schönen Seetag, um alles sacken zu lassen und zu genießen. Hansi berichtet stets von unterwegs und es gibt keinen Ärger mit Resi. An seinem Geburtstag sind sie bis mittags in Alesund und haben den Rest des Tages Seetag. Das nutzt Hansi, um seiner Angebeteten eine gelungene Überraschung zu präsentieren.

Er hat im Bord-Shop einen kleinen, roten Rettungsring aus Plastik gekauft und diesen auf ein kleines,
silberfarbenes Päckchen geklebt. Im Cafe Mare hat
er für 15 Uhr einen dekorierten Tisch bestellt und will
seine gerettete Beziehung mit Theresia krönen. Chic,
in rotblauem Strick gleitet Resi auf den Sessel und
Hansi hält ihre Hand. Das Päckchen mit dem Plastik-
Rettungsring legt er langsam in ihre andere Hand
und sagt:

„Diesen Rettungsring schenke ich Dir, weil Du unsere Beziehung gerettet hast und die schönsten Tage
des Jahres, mit mir zusammen auf diesem Schiff
verbringst."

Theresia reißt die Augen auf und glotzt irritiert den
roten Plastik Rettungsring an. Sie verkneift sich aber
eine bissige Bemerkung und flötet: „Der paßt ja toll
zu meiner Bluse, ist das eine Ansteck-Brosche?"
Hansi sagt schmunzelnd: "Pack den Rettungsring
erstmal aus, dann siehst Du besser, wo er paßt."
Resi entfernt den angeklebten Plastikring vorsichtig,
entfernt das silberne Papier und findet eine kleine
rote Samtschatulle. Neugierig öffnet sie diese und
fällt fast in Ohnmacht. Ein wunderschöner, luxuriöser
Diamantring, mit einem hundertfachen Brillantschliff-
Funkeln, verzaubert ihren Blick. Sie sieht sofort, daß
es 95er Platin ist und der Stein mindestens lupenrei-
ne 1,5 Karat aufweist. Der Ring paßt genau auf ihren
linken Mittelfinger. Sofort wird der Hansi in die

Knutschzange genommen und Theresia kreischt: „Was ist das denn für eine Überraschung. Du hast doch heute Geburtstag und schenkst mir so etwas Tolles? Das ist wunderschön, Du bist der Beste." Hansi kullert ein Tränchen über seine welke Wange und er freut sich riesig über Theresia und ihre ehrliche Begeisterung. Er flüstert ihr leise ins Ohr: „Das ist Dein Rettungsring. Er erinnert Dich jetzt immer daran, daß Du unsere Beziehung gerettet hast, indem Du auf meine Anzeige geantwortet hast. Immer, wenn Du mal böse auf mich bist, schau zuerst auf den Rettungsring, bevor Du meckerst." Das will die Theresia so machen und glaubt in diesem Moment ganz fest daran, daß sie es auch hin bekommt. Die beiden verbringen noch einen harmonischen Rest-Seetag und streiten die restlichen Tage nicht mehr. Hansi gibt mir Rapport und ich freue mich für ihn. Beide ziehen am Ende der Kreuzfahrt wieder zusammen aufs Hausboot. Theresia hat ja noch weitere 9 Finger, einen schönen Hals und 2 schmale Handgelenke, die man im Notfall mit Rettungsringen, Ankerketten, oder sonstigen maritimen Chosen bestücken kann. Wenn sie sich nun mal etwas zusammen reißt, wird es auch kein:

`Theresia über Bord `geben.

Kapitel 7

Man soll seinem Körper täglich etwas Gutes bieten, damit die Seele gern darin wohnt und sich wohlfühlt. Der Pfad zu Lebensqualität und Gesundheit führt bei mir durch das Reformhaus, den Garten und meine Küche, aber nur im äußersten Notfall mal durch eine Apotheke. Mein ehemaliger Hausarzt, möchte mich nicht mehr in seiner Praxis sehen, weil ich immer alles besser weiß. Wenn ich mal einen Tag habe, an dem ich mich unwohl fühle, dann koche ich mir ein 8 Gänge Menü aus Tee und stelle meinen Strandkorb im Klo auf. Mit meinem Lieblingsbuch, ein wenig bunter, gesunder Ernährung, etwa eine Tüte Gummibärchen und dem Tee Menü, bin ich meistens am nächsten Tag wieder gut drauf. Ein Strandkorb in der Toilette erspart mir große Wege, wenn der Tee mich wieder verläßt. An die 3-4 Liter der unterschiedlichsten, leckeren Tees zelebriere ich an so einem Tag. Zwischendurch gönne ich mir kleine, flüssige Zwischenmahlzeiten. Heißes Wasser. Ich koche es 15 Minuten. Das Wasser kann dabei wohl subtiler werden und zieht durch die kleinsten Kapillargefäße in meinem Körper. Es können auch wasserlösliche Toxine herausgespült werden. Kann alles sein, muß aber nicht. Nach so einem Tag fühle ich mich aber besser und das zählt.

Heute ist ein guter Tag, Es ist mal wieder Frei-Tag und wir fahren in unser Mobilheim an die schöne Ostsee. Relaxen und einfach mal einfach nur einfach SEIN. Alles dürfen, nix müssen außer:

Rasen mähen, Hecke schneiden, Fenster putzen, Flagge mit Ying und Yang hochziehen, metallene Gartenpforte neben unserem Mobilheim, oben mit schwarzer Schuhcreme bestreichen. Letzteres kommt richtig gut. Die Pforte wird um 22 Uhr abgeschlossen. Die Jugendlichen gehen am Wochenende in die Diskothek am Strand und kommen nachts bekifft, betrunken und lärmend zurück. Zum Haupteingang müssen sie einen Umweg von 100 Metern machen, das geht natürlich nicht. So etwas kann man jungen Menschen nicht zumuten. Sie klettern alle nachts über diese Pforte, die leider direkt neben unserem Schlafzimmerfenster steht. Die Kommunikation diesbezüglich verläuft im Sande. Wir sind Spießer, die den Teenies sportliche Aktivitäten vermiesen wollen. Okay, für solche Fälle habe ich mein Lieblingsbuch:

`das Lexikon der Rache,` immer in der Handtasche und an diesem Freitag wird daraus einmal etwas angewendet. Der Pfortentrick, oder: wie man Jugendliche daran hindert, nachts über fremde Pforten zu klettern. Nun kommt die schwarze Schuhcreme zum Einsatz, wir streichen die gesamte, obere Pforte damit ein und dann heißt es, abwarten.

Gegen 03:14 Uhr kommt Bewegung, in Form von mindestens 9-15 sturzbesoffener Kletterer, Richtung Pforte. Mein Zank und ich sitzen jeder mit einer Tasse Bedtime-Green Tee, hinter den Gardinen im dunklen Raum und luschern. Unter Gegröle und Gejohle klettert die Diskogang nacheinander über die Pforte. Die kleine, etwa 10 Meter weiter stehende Laterne, wirft ihr helles Licht dann auf die total versauten, weißen Hosen und vormals hellen Shirts der Ruhestörer.

„Scheisse, Alter, wie siehst Du denn aus, was ist das denn für ein Mist, alles ist versaut," tönt es mehrfach, lallend in unsere Richtung. Zeternd löst sich die Gruppe auf und warnt noch nicht mal die beiden Spät-Heimkletterer, die ebenfalls noch lustig und laut über die Pforte klettern. Danach stehen auch sie ziemlich sauer und schimpfend unter der Lampe und begutachten sich gegenseitig. Endlich sind auch sie weg, wir trinken unseren Tee aus und ich sage zu Zank:

„Nächtliches, verbotenes Klettern verhindert halt nicht, daß man in der Realität, bei der lieben, netten ReNaTe und ihrer schwarzen Schuhcreme landet." Die Laterne von Draußen, wirft noch einen feinen Lichtstrahl auf mein Lexikon der Rache, welches auf dem Nachtschränkchen liegt. Das Büchlein sieht gerade in diesem Moment so aus, als wenn es lächelt.

Wir schlafen ruhig, lange und tief bis in den späten Morgen hinein. Das haben wir uns auch verdient und hoffen, daß über die Pforte zukünftig nur noch das

Efeu klettert, welches ich nun in einem Topf daran befestigen werde.

Der nächste Morgen begrüßt uns mit Sonne und Wind, wie es sich an der Ostsee gehört. Wir frühstücken erst einmal in Ruhe. Mein Porridge duftet verführerisch nach Apfel und Zimt. Für mein Gegenüber schmiere ich Vollkorn Brötchen mit Erdbeermarmelade. Wir haben ja erst kürzlich unsere gesamte Ernährung umgestellt. Die überall gebunkerten Süßigkeiten, wurden sortiert neben gesundes Obst und Gemüse gestellt. So kann immer ein Auge auf ungesund und das andere Auge auf gesund schauen. Das ist doch eine tolle Balance in der Ernährung. Bauch, oder Kopf entscheidet dann, wohin die Hand greift. Weil die Süßigkeiten immer alle sind und das gesunde Obst und Gemüse faul wird, habe ich es kurzerhand als Dekoware aus Plastik gekauft und neben der Schokolade platziert. Sieht schön aus und ist nachhaltig, das ist mir wichtig. Gerne würde ich mehr Obst und Gemüse auf den Tisch bringen, aber die Ostereier und Schokoladen Hasen müssen dringend vernichtet werden. In spätestens 7 Wochen werden die Regale im Discounter schon wieder mit Weihnachtsmännern und Lebkuchen bestückt. Das ist ab Mitte August immer so und dann haben wir den Schokosalat. Also ranhalten, damit die Vernichtungsaktion ein Ende findet. Wir essen in dieser Notlage schon mal ein Vollkornbrot mit Nougat-Eiern belegt, oder einen

Paprikasalat mit geschredderten Krokant-Eiern überbacken. Ein Obstteller kann schon mal aus einer Tafel Schokolade bestehen, Kakao wächst ja auf Bäumen und irgendwie ist das ja dann auch Obst.

Zank überlegt, ob er heute surft, mit dem Katamaran segelt, oder doch lieber Jetski fährt. Mir ist das völlig egal, ich möchte das alles nicht und bereite mir erstmal meine 2 Liter Wasser vor, die ich täglich trinke. Die Vorbereitung besteht darin, daß ich das Wasser durch den gefüllten Kaffeefilter laufen lasse und die Thermoskanne damit befülle. Nur Tee zu trinken, ist mir zu dogmatisch, Abwechslung muß sein. Abwechslung kommt auch in Form der Frage:

„Dicke, was hältst Du davon, wenn wir heute mal nach Heiligenhafen fahren und Da für Dich im Segelcenter eine Trapezhose kaufen? Dann kannst Du mit mir zusammen segeln, wenn etwas mehr Wind weht." Wenn der Alte Dicke sagt, bin ich extrem vorsichtig. Das ist ein Kosewort und er will sich bei mir mit Irgendwas anködeln.

„Mein Neoprenanzug ist mir etwas zu klein, ich habe zugenommen. Zum Segeln benötige ich ja auch noch eine Offshore-Hose, um auf dem Katamaran nicht zu frieren und einen antipilling Fleece-Underall. Das wird Dir bestimmt zu teuer," antworte ich, in der Hoffnung, daß er den wie sonst üblichen Sparfuchs raushängt. Der Sparfuchs ist in seinem Bau und

Zank in Spenderlaune. Er hat nichts gegen neue Klamotten einzuwenden. Das ist ja interessant. Darauf betrinke ich mich erstmal mit einem starken Tee, bis ich etwa 2,4 % Kamille intus habe. Mutig, weil teeschwipst, erkläre ich mich bereit, die Shopping Tour mit dem ungewöhnlich freundlichen Zank anzutreten.

In Heiligenhafen treffen wir im Seglerstore erstmal auf Ella, die verkniffen dreinschauende Mutter von einem der nächtlichen Kletterer. Immer wenn ich Ella sehe, denke ich, daß es besser gewesen wäre, wenn man den Klapperstorch bei ihrer Anlieferung, schon über dem Schornstein erschossen, oder abgefangen hätte. Ella ist genauso speziell wie ihre Frage: „Renate, kannst Du mir mal sagen, was es mit dem Dreck über der Pforte auf sich hat? Wie ich diese Schmiere wieder loswerde? Alles ist voll versaut und schwarz. Warum machst Du immer sowas?"

Ella glotzt mich an, als wenn ich ihrem Baby den Schnuller geklaut habe und selbst darauf herum nuckel. Ich lächle sie penetrant freundlich an und sage dann sehr höflich zu der Mutter:

„Dir auch einen wunderschönen guten Morgen, liebe Ella. Du mich auch, auf eine gute Nachbarschaft. Notiere Dir das letzte Wort aus meinem vorigen Satz einmal, Du wirst Dich darin wieder erkennen."

Das 17 jährige Baby Kevin an ihrer Seite, einer der Kletterer, hat zum Glück nicht alle Gene seiner Mutter im Erbgut. Plietsch nimmt er sein Handy und notiert das Wort Nachb**arsch**aft. Dann grinst er und sagt:

"Das werde ich mir merken."

„Okay Kevin, merk Dir das und merk Dir auch, daß man im Leben all das erntet, was man aussät. Das nennt man Karma. Falls ihr da heute Nacht etwas geerntet habt, war das ganz bestimmt eure eigene Aussaat."

Da Kevin ein begeisterter Segler ist, bitte ich ihn nun einmal um seinen Rat bei der Auswahl meiner neuen Trapezhose und dem ganzen Zubehör. Das macht er sehr gerne, wir klönen dabei und haben richtig Spaß. Sogar Mutter Ella läßt ihr verkniffenes Gesicht wieder etwas lockerer werden und entspannt sich. Wir vier trinken dann noch gemeinsam im Seglercafe` eine Tasse Kaffee. Zank und Kevin quatschen über die geplante Segelregatta am kommenden Wochenende. Da ich nun meine Ausstattung beisammen habe, soll ich als Vorschoter mit auf unseren Katamaran. Sport ist für mich gleichzusetzen mit Mord. In einer Partnerschaft muß man aber halt auch mal etwas zusammen machen. Gehen wir also diesen erweiterten Suizid an.

„Bei schönem Wetter mache ich mit, bei zu starkem Wind nicht, da fliegt mir ja der Draht aus der Mütze," merke ich schon mal vor.

„Das kann ja heiter werden mit Dir, wenn Du mal einen Regenbogen aus der Nähe sehen willst, mußt du den Regen akzeptieren. Wenn Du mit mir segeln willst, gehts auf Wasser, nicht in die U Bahn," antwortet mein Zank und die blöde Ella kichert hinter der hohlen Hand dazu. Das kann ich nicht auf mir sitzen lassen und sage zu meinem Käpten:

„Ich komme auf jeden Fall mit und schmeiß mich mit Dir in die Fluten. Entweder wir gewinnen, oder wir lernen etwas daraus. Wir können zwar verlieren, aber wenn wir nicht mitmachen, haben wir schon vorher verloren." So soll es sein. So kommt es auch am kommenden Wochenende. Zank ist schon am Strand und bereitet alles vor. Die Katamaran Gang ist eingetroffen und alle sind am Strand beschäftigt, um aufzuriggen. Meine Kenterübungen und das Aufstellen eines gekenterten Katamaran habe ich schon öfters geübt und hasse dieses Prozedere. In voller Montur, aber noch mit offener Trapezhose, stehe ich vor unserem Katamaran, den ich Saphir getauft habe. Zank schließt meine Trapezhose mit festem Griff, rutscht dabei ab und haut mir seine Faust mit voller Wucht unter die Nase. Der weiche, heiße Sand fängt mich auf und ich sehe Sterne im Sonnenschein blitzen. Das wäre alles halb so schlimm, wenn da nicht die blöden Bemerkungen der anderen Segler um mich herumfliegen würden, wie:

„Oha Dieter, endlich setzt Du Dich mal durch. Hat sie Dich mal wieder zur Weißglut gebracht? Sie wollte doch sowieso eine andere Nase, ist das schon die Vorbereitung?"

Zank winkt ab und hilft mir wieder auf die Beine. „Das tut mir so leid. Gebrochen ist Deine Nase nicht, aber ganz dick und sie wird bestimmt blau und rot. Brechen wir ab?" fragt er mich ziemlich zerknirscht.

„Bestimmt nicht, tut zwar weh, aber ab auf die See. Wir werden gewinnen und danach trinken wir Tee." wimmere ich zurück und schaue mutig in die Runde. Die Vorbereitungen zur Segelregatta sind nun abgeschlossen und die 14 Katamarane warten auf den Startschuss. Peng...los gehts und wir werden Dritte. Für mich ist das aber ein emotionaler Sieg, denn ich habe es wirklich gewagt, die Regatta mit zu segeln und bin von teesüchtig zu seetüchtig mutiert. Woher soll man denn wissen, was man alles kann, bevor man es versucht hat. Die Nase wird noch viel dicker und verfärbt sich blaurot. Wenn mich jemand danach fragt, wo und wie das denn passiert ist, sage ich mit einem offenen und ehrlichem Blick: „Meinem lieben Mann waren die Bratkartoffeln nicht kross genug gebraten. Morgen koche ich ihm eine Fliegenpilz Suppe."

Kapitel 8

Verwandtschaft kann man sich nicht aussuchen, Freunde schon. Ich bin lieber mit Freunden zusammen. Darunter sind viele, ganz besondere Menschen, die nicht nur meine Freunde, sondern die meine große Familie geworden sind. Mit fast 73 Jahren stehe ich nun täglich vor einer großen Pinnwand. Jeden morgen wird ein neuer gelber Zettel daran befestigt. Auf dem Zettel vermerke ich, was ich heute mal NICHT machen werde. Ein weiterer blauer Zettel kommt darauf, auf den schreibe ich, welche Person nicht mehr wichtig ist, wer gerade wichtig ist und wer mir immer wichtig sein wird. Abends kommen die Zettel in eine Räucherschale und werden mit Weihrauch aus dem Oman in alle Winde geschickt. Morgen früh entscheide ich mich wieder neu.

Zanks Kuh-sine Wiebke ist eine ganz spezielle Frau. Sie würde sich zu Tode erschrecken, wenn sie mal im Spiegel anstatt ihres Gesichts, ihren miesen Charakter erblicken könnte. Ihren Geburtsort kenne ich nicht, aber ich denke, sie ist in Nassau geboren. Sie gehört zu den Leuten, die sich auf Kosten Anderer überall durch schnorren. Auf der Beerdigung meines Schwiegervaters Gustav, kondoliert sie meiner Schwiegermutter und fragt sofort danach, ob sie den 8 Monate alten Mercedes bekommen kann, um ihn für einen Neuen in Zahlung zu geben. Wiebke ist da gerade mal 60 Jahre alt, ziemlich betucht nach 2 großen Erbschaften und wiegt so an die 160 Kg, bei einer Größe von 159 cm. Sie reißt alles an sich und ist immer unzufrieden. So hat sie ein großes, tolles, eigenes Haus im Norden von Hamburg. Da fehlt es an nichts, außer vielleicht an etwas Demut. Wiebke trägt den Zusatz `hoch` und ihr Ehemann Volker den Zusatz `wichtig im Nachnahmen. Beide ergänzen sich wunderbar in ihrer Hochnäsigkeit. Arbeiter sind aus ihrer Sicht unterste Kaste und in ihrem Umfeld dulden sie immer nur Akademiker, oder gut betuchte Mitmenschen. Eine Ausnahme macht Kuh-sine Wiebke nun bei mir, weil sie sich die Karten hat legen lassen. Die Kartenlegerin teilt Wiebke mit, daß sie sich spirituell betätigen soll, weil sie Potential hat, ihre Händchen aufzulegen und zu heilen. Natürlich gegen Bezahlung. Wiebke sieht sich schon als Schwester von Jesus Christus. In ihrer Nachbarschaft wohnen sehr viele alte, gebrechliche, gut situierte Personen, denen sie Gutes aus ihren Händen zukommen lassen möchte, in der Hoffnung, daß ein Geldstrom zurück fließen wird.

So ruft die Wiebke mich an und fragt nach einem Reiki Seminar bei mir und ob sie als Kuh-sine von Zank etwas bezahlen muß. Der Termin paßt und der Preis für das Wochenende, inklusive Getränke, Snacks und Mittagessen, sowie Kaffee und Kuchen, liegt weit unter dem Preis in ihrem Heimatort. „Ich bringe aber den Volker mit. Der kann dann mit Deinem Mann zu seiner Mutter Theresia fahren und da versorgt werden," sagt Wiebke und will am Seminar teilnehmen. Zank und Volker trennen Welten. Die beiden können noch nicht einmal gemeinsam schweigen, geschweige denn, zusammen kommunizieren. Meine Schwiegermutter liebt den Volker mehr, als ihren Sohn und ist hoch erfreut, daß sich dieser gut gekleidete Mensch von ihr zum Essen einladen läßt. Die Drei verbringen die Tage zusammen und fahren in die Lüneburger Heide. Sie besuchen auch die Iserhatsche in Bispingen, eine tolle Anlage. Das Heidekastell Montagnetto, die Iserhatsche ist eine der sensationellsten Sehenswürdigkeiten der Lüneburger Heide. Von dem coolen Visionär Uwe Schulz-Ebschbach umgebaut zum Tempel, Museum, Kunstwerk und Wohnung, einfach genial. Ein Gemisch aus Vision und Wahnsinn. Der Uwe S.-E. hat sogar auf seiner Visitenkarte stehen:

Uwe Schulz-Ebstein   Malermeister/Visionär

Die Drei haben schönes Wetter für ihre Auszeit und ich habe die Wiebke im Seminar an der Backe. Samstag morgen um 09:00 Uhr beginnen wir das Reiki-Seminar und es endet am Sonntag gegen 18:00 Uhr.

Wiebke fragt mich bereits in der 1. Pause: „Wieviel kann ich denn von meinen Nachbarn für eine Reiki-Behandlung nehmen? Kannst Du mir noch Flyer entwerfen, die ich ab Montag im Ort beim

Friseur und im Discounter aushängen kann? Ich habe schon eine Behandlungsliege gekauft und werde gleich loslegen und alle Menschen behandeln in der Nachbarschaft."

Mir bleibt die Spucke weg. Ich bin sprachlos und das kommt äußerst selten vor. Im Seminar sind 6 weitere Frauen und 2 junge Männer. Eine Teilnehmerin ist Tierheilpraktikerin und eine ist Ernährungsberaterin. Wir sind eine gut gemischte Gruppe und alle sehen mich mit großen Augen an, als Wiebke ihre Fragen raushaut. Meine direkte Antwort darauf ist: „Mach bitte das Seminar zu Ende und laß erstmal alles sacken. Behandelt zuerst Dich selbst, Deine Familie und Deine Haustiere. Wenn Du sicher bist und Erfolge hast, dann behandel auch Nachbarn, wenn sie Dich darum bitten. Nimm nichts dafür, überlasse es Ihnen, Dich gegebenenfalls zu entlohnen, falls sie zufrieden sind."

Wiebke ist entsetzt. „Wenn die dann nicht zufrieden sind, bekomme ich nichts dafür? Das geht aber nicht. Ich mache das bestimmt nicht umsonst. Was nimmst Du denn für eine Behandlung?"

„Ich nehme gar nichts für eine Behandlung, die Belohnung kommt immer auf irgendeine andere Weise zu mir. Wenn Deine zu Behandelnden sich entscheiden, Dich nicht zu entlohnen, dann bist Du vielleicht nicht geeignet für diese Art der Heilarbeit.

Denk drüber nach. Flyer mache ich nicht für Dich. Frag doch Deine Kartenlegerin, ob sie noch eine andere, lukrativere Tätigkeit in den Blättern sieht, die Du ausüben kannst. Du kannst doch als Begleiterin für ältere, gut betuchte Herren arbeiten, wenn Du da Deine Hände an der richtigen Stelle auflegst, kannst Du richtig gut absahnen."

„Das ist doch jetzt nicht Dein Ernst, oder?" mault Wiebke mich vorwurfsvoll an.

„Das ist mein voller Ernst und jetzt ist Schluß mit lustig. Wir beginnen das Seminar und ich beantworte diesbezüglich keine Fragen mehr. Wenn Dir das nicht gefällt, ruf Deinen Volker an, daß er Dich sofort hier abholt."

Diese Blöße gibt Wiebke sich aber nicht. In den Pausen nervt sie weiter alle Teilnehmer mit ihren Fragen zu Einnahmen aus Behandlungen. Es geht ihr nur darum, mit ihrer Reiki Liege möglichst viel Umsatz zu machen. Die anderen Teilnehmer distanzieren sich etwas von der Abzockerin, als ich ihnen in Wiebkes Pinkelpause von der Beerdigungsnummer erzähle.

Wir arbeiten sehr intensiv an diesem Wochenende und alle Teilnehmer sind vollauf begeistert. Es ist immer wieder lehrreich, eine Wiebke im Seminar dabei zu haben. Man lernt von ihr, wie man im Leben nicht sein sollte. Ich bin heilfroh, daß die Kuh-sine nicht in der Nähe wohnt und somit an unseren regelmäßigen Treffen wohl nicht teilnehmen wird. Weit gefehlt, dieser Gedanke. Bereits 1 Woche später ruft Wiebke an und erzählt mir, daß sie noch edlen Schmuck aus Aquamarinen und Bernsteinen von ihrer verstorbenen Mutter hat. Leider sind die Schmuckstücke kaputt und es fehlen auch Steine und andere Teile. Da sie so doll an den Sachen hängt, bittet sie mich, diese zu erneuern, umzugestalten und wieder zum Leben zu erwecken. Ich arbeite ja nebenher als Schmuck-Designerin und mein energetischer Wohlfühlschmuck ist sehr beliebt. Mein Bauch warnt sofort `NEIN, mach es nicht`, aber ich lasse mich breitschlagen und sage:

„Okay, bring ihn mir, ich gestalte ihn um und mache etwas daraus." Bereits am nächsten Tag trifft Frau Hoch mit Herrn Wichtig zur Kaffeezeit bei uns ein. Die Schmuckstücke ihrer verstorbenen Mutter präsentieren sich mir als total kaputte Bruchstücke. 2 Armbänder und eine Kette, fristen völlig kaputt ihr Dasein in einer deformierten Pappschachtel.

„Hat sich deine Mutter mit dem Schmuck vor die Bahn geworfen, oder ist sie beim Bergsteigen vom Weg abgekommen?" begutachte ich den Bruch. „Nein, sie liebte den Schmuck und hat ihn bis zu ihrem Tod täglich getragen. Nun möchte ich ihn auch tragen, aber er soll wieder schön aussehen und du kannst das ja so toll gestalten," ködelt sie mich an.

Ungern nehme ich den Auftrag dieser Nassauerin an. Wir trinken noch eine Tasse Kaffee ohne Kuchen anzubieten und hören uns an, was der prominente Herr Professor Doktor Schmeissmichweg, der gestern bei den Beiden zu Gast war, für ein Auto fährt, an Aktien gebunkert hat und wo er seine Maßanzüge schneidern läßt. Ohne diese Infos kann man nachts nicht schlafen. Wir sind froh, daß die falsche Schlange und ihr Beschwörer endlich weiterziehen und werden anrufen, wenn der Schmuck neu gestaltet ist. Nach 2 Tagen flüstert Wiebke neugierig in den Anrufbeantworter:

"Wie weit bist Du? Wir gehen am Wochenende zu einer Hochzeit und ich möchte den Schmuck gern tragen." Ich antworte nicht darauf.

„Wie weit bist Du denn?" folgt nun in regelmäßigen Abständen und ich bleibe stumm. Nach 10 Tagen bin ich fertig und zeige Zank die neu gestalteten Teile. Er ist begeistert und ruft seine Kuh-sine an, um ihr mitzuteilen, daß der Schmuck fertig und wunderschön geworden ist. Tatsächlich habe ich mich selbst übertroffen. Nicht um Wiebke zu imponieren, sondern weil es eine echte Herausforderung für mich ist, so alten, kaputten Teilen, neues Leben einzuhauchen. Nun werden die Aquamarine von Mondsteinen umarmt und die Bernsteine flirten mit Bergkristallen in neuem Glanz. Elegante Verschlüsse und schön glitzernde, neue Zwischenteile lassen den Schmuck wieder zu Schmuckstücken werden.

Wiebke läßt nicht lange auf sich warten und fällt fast vom Glauben, als sie die Teile betrachtet. Dann fragt sie mich tatsächlich: „Bekommst Du was dafür, wir sind ja Familie?" Diese Frechheit ist die Höhe. Mein Bauch stöhnt: `ich habe Dich gewarnt und jetzt hast Du die Quittung.`

„Wenn Du glaubst, daß meine Ersatzteile, Edelsteine und Perlen hier im Garten wachsen, bist Du auf dem Holzweg. Das Material zahlst Du mir. Gib mir 20 € und bring mir niemals wieder etwas aus Deinem kaputten Bestand, wir beide sind schließlich nicht blutsverwandt."

„Och 20 €, das geht ja grade noch," sagt die unmögliche Kuh-sine. Sie nimmt die Designer Stücke an sich, findet nur 15 € in ihrem Portemonnaie und verabschiedet sich schnell und atypisch leise. „Für diese blöde Tussi, werde ich meine kostbare Zeit bestimmt nicht nochmal verplempern," sage ich zu Zank und weiß in diesem Moment noch nicht, dass mir in dieser Angelegenheit noch der finale Schuss in die Glieder fahren wird.

Ein paar Wochen später schaue ich in einem online Auktionshaus nach Perlen und Edelsteinen für meinen handgefertigten Schmuck. Als ich Bernsteine aufrufe, erscheinen mir die beiden Armbänder, die ich gerade für Wiebke umgearbeitet habe und die sie ja so gerne tragen möchte. Mein Blutdruck steigt in schwindelerregende Höhe und ich bekomme Schnappatmung.

„Schau Dir einmal dieses verlogene Miststück an," rufe ich aufgeregt meinen Zank an den PC. „die Wiebke gibt mir 15€ für meine ganze Arbeit und verkauft den tollen Schmuck jetzt hier für ein Vielfaches." Zank sieht den neu gestalteten Schmuck und er ist ebenfalls stinksauer auf seine Kuh-sine.

„Die schreibe ich sofort an hier und frage mal, ob sie noch alle Tassen im Schrank hat," sage ich empört und schreibe in die Rubrik: Frage an den Verkäufer, diesen Text hinein:

„Hallo Wiebke, du Schlampe. Komm ja nicht nochmal in meine Nähe, wenn Du kaputten Schmuck in der Tasche hast. Ich repariere Deine angeblich geerbten Bruchstücke und Du verscheuerst die hier."

Umgehend kommt die Antwort: „Hallo, hallo, ich bin nicht Wiebke, den Schmuck habe ich in Pinneberg auf dem Flohmarkt gekauft." Da bin ich sprachlos. Mir fehlen grad die passenden Worte in Fäkalsprache, um Kuh-sine Wiebke per email in den Arsch zu treten.

Das muss ich auch nicht, denn diese unmögliche Person meldet sich ein paar Tage später, mal wieder telefonisch und in Bestlaune bei mir.

„Hallo meine Liebe, wann machst du denn das nächste Reikitreffen? Ich komme gerne einmal zum Auffrischen und Volker möchte derweil dann mit Dieter und Theresia klönen."

„Hallo Wiebke. Ich dachte, heute ist ein schöner Tag und dann rufst Du an. Für Dich gibt es nach der Schmucknummer keinen Platz mehr in meinem Umfeld. Du bist ein verlogenes Miststück. Lässt mich den Bruch reparieren, zahlst nicht einmal alles und verscheuerst dann die Teile, an denen Du ja angeblich so hängst, auf dem Flohmarkt. Mein Mann hat auch keinen Bedarf an Gesprächen mit deinem Volker und Theresia ist grad knapp bei Kasse, sie wird Volker nicht zum Essen einladen."

10 Sekunden Funkstille am anderen Ende und dann folgt der Satz: "Da müssen wir mal drüber reden, wir kommen demnächst einmal zum Kaffee rum." Die Unperson und ihren Nassauer, erspare ich mir und antworte noch: „Lass es bleiben, Du triffst auf geschlossene Türen. Ich möchte euch nie mehr wiedersehen, tschüss." Das Gespräch wird beendet und ich speichere sie unter: ‚Kuh-sinen Schlampe‘ im Telefon ab, um nicht mehr abzunehmen, wenn sie anruft.

Wiebke ruft jetzt ständig bei Theresia an und nervt diese mit Information für mich. Immer wenn Theresia einen Satz beginnt mit:

„Wiebke hat angerufen, ich soll Dir sagen,"

blocke ich ab und sage:

„Behalte es für Dich, ich kenne keine Wiebke."

Von einer netten Cousine, zu einem charakterlosen Vollzeit-Arschloch kann es ein weiter Weg sein, Wiebke ist diesen Weg in kürzester Zeit gelaufen und ich denke, sie hat sich dafür einen Ehrenplatz im ´Guinnessbuch der Charakterlosen´ verdient.

Kapitel 9

Unser Freund Ecki wird 60 Jahre alt und schickt uns eine Einladung zu diesem spektakulären Jahrhundert Event. Wir haben lange nichts von ihm gehört und sind erstaunt, daß er überhaupt noch am Leben ist. Ecki kocht seinen Morgenkaffe statt mit gefiltertem Wasser, lieber mit 47 prozentigem Aquavit. Getreidekörner in Backwaren sind ihm schon immer ein Gräuel, die nimmt er lieber in flüssiger Form auf, indem er nach dem Kaffee einen Doppelkorn trinkt. Ecki ist so dünn, man sieht ihn nicht, man spürt und riecht ihn nur, wenn er in der Nähe ist. Er hat immer eine glühende Zigarette im Mundwinkel hängen und in der Warteschleife stecken schon 2 weitere hinter den Ohren. Ecki hat keine normalen Pupillen, statt dessen sind grüne Hanfblätter mitten im Auge platziert und lassen ihn locker durch den Alltag schweben.

Nun ist also eine Feier im großen Stil angesagt. Auf der Einladungskarte steht in Goldschrift: Damen in lang, Herren im Smoking/ Abendanzug. Schade, daß wir nicht im Oman leben. Da hätten wir kein Klamotten-Problem. Zank zieht ein weißes Nachthemd an und wickelt sich ein Geschirrhandtuch um den Kopf. Mein Kostüm vom LiLaBe kommt nochmal zum Einsatz, ich gehe als Nonne und lege mir für einen Abend einen friedlichen Gesichtsausdruck zu. Geht aber nunmal anders und der Blick in den Kleiderschrank verheißt leider nicht viel Gutes. In meiner Hälfte lagern bequeme, alltagstaugliche, auch wunderschöne Kleidungsstücke. In lang aber nur Haremshosen und ein toller, antiker, indischer Hochzeitssari, neben anderen Brokatsaris. Das ist viel zu aufgebrezelt für so eine schnöde Geburtstagsfeier. Da werde ich einmal in Theresias Kleiderschrank klettern und etwas Passendes aussuchen. Die Schwiegermutter hat in ihren 7 Kleiderschränken eine Ausstattung, wie ein mittleres Modegeschäft und ich finde sofort einen langen, Pailletten bestickten Rock mit passendem Oberteil. Wenn ich 3 Tage vor der Feier faste und die Luft anhalte, passe ich da für einen Abend rein.

Zank hat keinen Abendanzug und schon gar keinen Smoking im Schrank. Das Wort Krawatte verbindet er mit dem Wort Guillotine und sowas läßt er nicht an seinen Hals. Vom verstorbenen Vater Gustav sind noch einige Schickimicki Teile der Größe 64, in der Aservatenkammer bei Theresia im Bestand. Zank müßte aber erstmal 125 kg zunehmen, um da rein zu passen. Das will er nicht und somit machen wir uns auf die Suche, nach einem passenden Anzug. In der Hamburger Altstadt finden wir einen Laden, der Abendgarderobe auch vermietet und so kommt mein Ehemann zu einem Smoking mit Fliege und passenden Abendschuhen, neben einer gut sitzenden schwarzen Hose mit Bügelfalten. Das Grauen hat einen Namen, als wir beide uns im Spiegel ansehen und wir kommen uns vor, als wenn wir grad von einem anderen Stern hier gelandet und ausgesetzt worden sind. In diesem Moment kommt Sohn Gawain zur Haustür rein und sagt irritiert:

„Häh? Ist etwa schon wieder Karneval? Wieso verkleidet ihr euch?" Zank und ich sehen uns in die Augen und brüllen los vor Lachen: „Wir doubeln gerade das schwedische Königspaar für eine Homestory, weil die beiden unabkömmlich sind." In diesem Moment wird uns klar, daß solche Klamotten nie einen Platz in unserem Schrank bekommen werden. Das macht aber nichts. Einladungen dieser Art wird es eher selten geben, da einige unserer Freunde schon über die Regenbogenbrücke gegangen sind. Andere sind ebensolche Feiermuffel wie wir. Mit denen quatschen wir lieber mal in total lockerer Atmosphäre Sonntags beim Brunch, oder legen eine Bratwurst auf den Grill.

Die große Feier findet in einem angesagten Edel-Restaurant statt. Zur Begrüßung wird uns erstmal ein Glas Champagner Perrier Jouet ins Blickfeld geschoben. „Für mich nicht, ich bin trockene Alkoholikerin," bete ich mein Mantra runter, welches ich mir eigentlich farbig auf die Stirn tätowieren möchte.

„Oh, mein Gott, warum gehen Sie dann auf so eine Feier? Wieso tun Sie sich das an? Wie stehen Sie das durch?" fragt mich der nette Kellner mit großen, staunenden Augen.

„Ich habe für 10 Leben gesoffen und bin seit vielen Jahren trocken. Manchmal gehe ich sogar in den Discounter und meditiere vor dem Schnapsregal. Oft walke ich durch den Stadtpark, obwohl ich mir kein Heroin, Kokain, oder Crystal reinziehe. Der Park ist Haupt Umschlagsplatz für diese Drogen, aber ich muß sie mir nicht reinziehen. Ein Süchtiger ist auf der Suche. Ich habe gefunden, was ich vermißt habe, nämlich mich selbst und darum trinke ich heute aus freiem Willen Wasser," sage ich nicht gerade leise und er nickt mir zu. Er hat´s kapiert und geleitet uns an unseren Tisch, an dem schon 10 leicht angeheiterte Personen beieinander sitzen. Wir setzen uns auf die zugewiesenen Plätze und schauen in die Runde. Der Tisch ist bestens bestückt mit Champagner, Wein, Bier und weiteren, alkoholischen Getränken. Weit und breit ist kein Wasser in Sicht und ich winke eine junge Kellnerin an den Tisch. „Bringen Sie mir bitte einen 5 Liter Eimer Mineralwasser, ohne Kohlensäure, aber mit einem sauberen Glas, viel Eis und Zitrone."

Die Gespräche am Tisch verstummen abrupt. 20 Augen schauen auf mich, als wenn ich ein verirrter Alien bin. Mein Mantra: „Ich bin Alkoholikerin!" durchdringt die Stille am Tisch. Einige rücken den Stuhl etwas ab und schauen mit gerunzelter Stirn in meine Richtung. Andere sind brüskiert und schauen sich ihre frisch geputzten Schuhe durchdringend an. „Es ist kein Virus und auch nicht ansteckend, alle können bedenkenlos weiter trinken," lächel ich fröhlich die Gruppe an.

„Dann verpaßt Du aber heute Einiges," zwitschert mir Johannes, ein stadtbekannter Vieltrinker, vielsagend zu. Er schaut mich dabei mit geröteten, von Falten umrahmten Augen mitleidig an.

„Wenn Du wüßtest Jo, was ich hier gerade nicht verpasse, weil ich keinen Alkohol trinke, würdest Du dir Deine gut gemeinten Worte nochmals überlegen. Vielen Dank für euer aller Mitleid, Prost und trinkt gern weiter. Mir geht es gut, wenn ich nichts trinke, außer Wasser, Kaffee, Tee und Gemüsesaft."

Vor meinem geistigen Auge läuft gerade der Film ab: `Renate trinkt sich ins Koma.` In den besten Zeiten meiner Trinkerkultur, habe ich Doppelkorn zu Eiswürfeln eingefroren. Mein Getränkeglas wird mit 10 Eiswürfeln, 50 ml Cola und etwas Zitrone gefüllt. Niemand bemerkt mein Saufen, bis ich vom Stuhl falle und dann eine Kreislaufschwäche vortäusche. Die Menschen um mich herum kann ich wunderbar manipulieren, mir Alkohol zu besorgen, wenn ich nicht mehr selbst auf meinen beiden Beinen laufen kann. Ich trinke im Notfall auch Haarwasser und medizinischen Alkohol, um nicht durch das starke Zittern des gesunkenen Alkoholspiegels aufzufallen. Bis zu der Erkenntnis, daß ich Alkoholkrank bin, muß ich durch ein Meer von Fäkalien tauchen.

Tief in der Scheiße, werde ich mir die Pulsadern aufschneiden, nackt im Fahrstuhl fahren und schon mal vom 7. Stock, statt ins Erdbeerbeet, in die aufgespannte Matte der Feuerwehr springen. Entzüge fruchten nicht. Rückfälle leite ich immer dann ein, wenn alles wieder gut läuft. Dann stehe ich früh auf und ohne einen Anlass werde ich mich bis zum Mittag ins Koma saufen. Klinik-Entzug-Rückfall und immer wieder alles von vorn. Ich gehe zu den anonymen Alkoholikern und bleib da dann wieder weg, weil ich die doof finde. Meine soziale Hängematte bekommt Löcher, durch die ich schon bis zum Hals durchgerutscht bin und es ist nur eine Frage der Zeit, daß ich die Radieschen von unten betrachten werde.

Dann schleicht sich dieser Morgen in mein Leben, an dem sich alles um mich herum drehen wird, wie ein Pfannkuchen in der Bratpfanne. Mühsam erwache ich aus dem Saufkoma und schlurfe in die Toilette. Aus dem Spiegel glotzt mich eine 150 Jahre alte, ekelerregende Fresse an. Grünrote, geschwollene Augen über dunkelblauen Augenringen. Fahle, faltige Haut und ein Blick, der einem geprügelten Hund in nichts nachsteht. Einen Hund würde ich jetzt umarmen, aber ich sehe MICH und das tut weh. So einen untoten Körper werde ich nicht umarmen, dem werde ich die noch verbliebenen, letzten Zähne zeigen. Ich halte mich schwankend am Waschbecken fest, schaue in meine stumpfen Pupillen und sage:

„Hiermit beende ich die Zeit des Saufens. In genau diesem Moment kapituliere ich vor dem Alkohol und werde mich auf den Weg zurück ins Leben machen. Ich setze ab sofort MEINEN freien Willen ein und werde NUR HEUTE, die nächsten 24 Stunden keinen Alkohol trinken. Morgen früh werde ich dann wieder mein Seelentor öffnen, einmal schauen und entscheide nur für mich, mit meinem freien Willen, ob ich wieder saufe, oder nicht. ICH WILL ES SO! Ich will ein Leben führen ohne Fremdbestimmung des Alkohol. In meinem Leben habe ich so viel geschafft, was ich mir vorgenommen habe. Nun gibt es eine Sache, die ich mal nicht kann. Ich kann nicht kontrolliert trinken und darum kapituliere ich vor dem Alkohol."

Basta, das war's. Seit diesem Morgen vor vielen, vielen Jahren, habe ich keinen Tropfen Alkohol mehr angerührt. Ich will aber nicht damit leben, daß ich sage: ich trinke bis an mein Lebensende nicht mehr. Das finde ich total doof. Ich habe für mich entschieden, jeden morgen, wenn ich die Augen öffne, zu sagen: „Nur heute trinke ich keinen Alkohol und morgen entscheide ich wieder neu." Dieser, mein freier Wille ist etwas Wunderbares. In meinen Händen liegt es, zu leben, oder zu krepieren. Jetzt, viele Jahrzehnte später und immer noch trocken, weiß ich, daß ich durch die Kapitulation letztendlich doch als Sieger aus der Angelegenheit hervorgegangen bin.

Mein freier Wille ist das größte Geschenk des Universums für den Gang auf meinem Lebensweg und ich bin unendlich dankbar dafür. Nur wer durch die tiefe Kloake getaucht ist, weiß den Himmel zu schätzen.

Kapitulation vor dem Alkohol

- auf der Schulter ein Teufel namens Sucht
- weidet sich an deiner Zerrissenheit

- erhöre ihn nicht, sondern jage ihn in die Flucht
- sei stabil und greif nicht erneut nach dem Leid

- spuck der Fratze ins Gesicht
- brüll ihr deine Kapitulation entgegen

- Mensch, vergiß es doch nicht
- du hast in der Scheiße gelegen

- dein Körper war verriegelt für die Außenwelt
- von morgens bis abends hat nur noch
  Trinken gezählt

- ein Lösungsmittel für Probleme,
  der Alkohol im Blut
- er löste für dich alles, er tat dir so gut ?!?!?!?!

- Alkohol ist ein fantastisches Lösungsmittel, er löst auf: Ehen, soziale Kontakte, Arbeitsplätze, Gehirnzellen

- aber leider keine Probleme, die
- vergrößert er ganz gewaltig.

die Kapitulation vor dem Alkohol ist eine Schlacht, aus der du als Sieger hervorgehst, obwohl du der Unterlegene bist. An diesem Abend, auf dieser Feier, wird mir wieder einmal vor Augen geführt, wieviele Menschen doch fremdgesteuert sind. Sie trinken viel zu viel. Sie reden viel zu viel. Viele werden morgen nicht wissen, ob und wo sie sich wieder einmal entschuldigen müssen. Ich genieße es, keinen Alkohol zu trinken und jeder Tropfen klaren reinen Wassers, nährt meine Zellen mit Licht und Energie. Diese Stunden, wenn so viele Betrunkene um mich herum sind, wird mir bewußt, daß ich diese Saufzeit brauchte, um das Leben zu respektieren und schätzen zu lernen.

Im Laufe des Abends rücken einige Gäste näher an meine Seite heran und wir reden noch stundenlang über Alkoholismus, Trockenheit, Sucht, Entzüge und schlimme Zeiten, wenn ein Trinker die Familie zerstört. In fast jeder Familie ist ein Trinker etabliert. Durch meine jahrelange Tätigkeit in der Sucht-Beratung, kann ich einige wertvolle Tips in der Runde verbreiten. Unser Tisch bleibt relativ nüchtern, es wird viel gelacht und alle fühlen sich sehr wohl.

Der Gastgeber hingegen, tanzt mittlerweile in seinem bekleckerten Smoking auf den Tischen herum. Ecki brüllt, singt und lallt schmutzige Witze in den Saal. Ich überlege gerade, ob dafür nicht meine bunte Jogginghose gereicht hätte. Das Geburtstagskind nähert sich unserem Tisch und lallt mir ins Ohr:

„Nati, meine Süße, Du trinkst ja gar nichts. Gefällt Dir meine Feier nicht?" Ecki ist Gebißträger und hat gerade große Schwierigkeiten, dieses Teil beim Sprechen im Mund zu halten. Eine Schnapsfontäne sprüht mein Gesicht ein und aus dem Nebel heraus antworte ich:

„Ecki Schätzchen, diese deine Feier gefällt mir ausgesprochen gut. Ich trinke gerade sehr viel, aber mein Getränk hat halt eine andere Molekularstruktur als Deins. All diese Menschen, in ihrer extravaganten Kleidung, erfreuen meine Augen. Die Kommunikation in den unterschiedlichen Ebenen des Geistes, holt meinen Intellekt vom Hocker und hält mich wach. Alles ist gut, lehrreich und in Ordnung."

Eine Gruppe seines Schützenvereins kommt näher und direkt auf uns zu. Die 5 Männer stützen sich gegenseitig, da sie im Alleingang einen Rollator benötigen würden. Küsschen links, Küsschen rechts und laute, lobende Worte gegenüber dem Gastgeber, schwirren um unsere Köpfe herum. Alles ist so toll, super und geil organisiert. 10 Hände klopfen Ecki auf die Schultern und prosten ihm zu. Jeder im Saal weiß, daß sich die Truppe im Alltag spinnefeind ist und Einer über den Anderen nichts Gutes spricht. Alkohol löst gerade die Hemmschwelle und morgen kann man ja dann wieder übereinander herziehen und wie gewohnt übel nachreden

Heute wird schwarzes mal weiß gemalt und rundes einfach mal eckig gebogen für den ECKI. Fiona, die 3. Frau des Gastgebers winkt mir leicht angesäuselt zu. Sie ist mal wieder Top gestylt und in ein weißes, langes Seidenkleid, leider 4 Nummern zu eng, gehüllt. Sie sieht aus, wie eine Preßwurst und ich sage freundlich lächelnd:

„Finimaus, toll siehst Du aus. Gibt es das Wahnsinns Kleid auch in Deiner Größe? Mach doch mal bei ´Germanys next Flop Model´ mit." Küsschen hier, Küßchen da, blöd aus der Wäsche gucken und mit dem Champagnerglas weiter ziehen. Tschüßchen Fini und paß auf Ecki auf, die Konkurrenz schläft nicht.

Herbert, der gutsituierte Autohändler schleicht sich nun von links in mein Blickfeld. Ein alter, netter Schulkollege. Er hat seine grauen Schmalzlocken gefühlte 16 Wochen nicht gewaschen. An seinen langen Nasenhaaren klettern gerade die Bakterien aus dem Eiersalat herum und vermehren sich. Von rechts   nähert sich Traute. Die Witwe ist auf der

Suche nach einem Sponsor für Kreuzfahrten und Shopping-Touren. Sie nimmt den gut betuchten Herbert unter ihre schwabbeligen Arme und flötet ihm ins Ohr: „Herbi, Du Traum meiner schlaflosen Nächte, komm mit mir an die Schampusbar." Herbert fühlt sich bei dieser Umgarnung grad wie Richard Gere und läßt sich nicht lumpen. Er grabscht Traute auf die wohlgeformten Arschbacken und das Albtraumpaar zieht davon. Morgen werden die Spatzen es von den Dächern pfeifen, daß die beiden seit dem Morgengrauen zusammen wohnen und Herbert dem Heiratsmarkt nicht mehr zur Verfügung steht. Die taffe Traute wird ihm zeigen, wie gut eine Dusche funktioniert und bei Penny sind öfter mal Nasenhaartrimmer im Angebot. So findet auch auf diesem Event, so manch eine Fischdose ihren Öffner und das hat ja auch etwas für sich.   Alles ist relativ und das ist auch gut so.

Ich werde zukünftig zu Alkohol nur noch Spiritus sagen. Dann bin ich nicht mehr von Alkoholikern umgeben, sondern von Spirituellen. Paßt doch.

Kapitel 10

Wir planen eine Kreuzfahrt. Von Dubai, durch den Suezkanal bis Mallorca. Der Termin steht und die Vorbereitungen laufen an. Eine Woche vor dem Start, kommt meine Fuß-Schönmacherin Julia zu mir nach Hause. Wir kennen uns schon viele Jahre und Julia ist mehr als nur eine Fußbeschauerin. Wenn sie sich für eine Stunde Fußpflege ansagt, werden locker mal so 4-5 Stunden draus. Nach der Zeit, sehen meine Füße aus wie vor der Behandlung, aber wir haben viel gequatscht, gelacht und manchmal auch geweint.

Julia ist 52, geschieden, notorisch pleite und ständig auf der Suche nach einem Kerl, der ihr plattes Konto dauerhaft aufbügelt. Alter=egal, Aussehen=egal, Charakter=egal, Mundgeruch=egal, Hauptsache gutsituiert ohne Anhang und keine Erben auf der Matte. Julia schaltet fast wöchentlich neue Kontakt-Anzeigen in den lokalen Wochenblättern. Sie ist ständig unterwegs und arbeitet ihre Dates ab, aber bisher ist kein Biß erfolgt. Aus Traummännern werden meist in wenigen Tagen Albtraum Männer. Da auf die letzte Kontaktanzeige wieder nur Luschen geschrieben haben, teilt mir Julia fröhlich mit: „Jetzt mache ich eine Kreuzfahrt, da sind immer gut betuchte Single an Bord und ich hoffe, daß für mich auch mal einer dabei ist. Die Fahrt dauert 19 Tage und geht von Dubai nach Mallorca. Ich freue mich so doll darauf. In einer Woche geht es los."

Meine Freude hält sich stark in Grenzen. Julia ist eine Klette und ich schicke ein Stoßgebet ins Universum, daß sich wirklich ein passender Single an Bord befindet, der sie begeistert und an den sie sich kettet. Der Gedanke, daß wir sie 19 Tage in einer Schleimspur hinter uns haben, begeistert mich noch weniger, als ein Vanilleeis mit Ketchup. Alles rumgejammer nützt nix. Koffer sind gepackt und der Flug von Hamburg nach Dubai verläuft problemlos. In Dubai wartet unser Schiff und wir ziehen auf Deck 11 in eine Balkonkabine. Julia wird auf Deck 5 eine Außenkabine belegen und der Mindestabstand ist somit gewahrt. Bis zum Abendessen sehen wir sie erstmal nicht, aber dann hat sie ihren ersten großen Auftritt vor Publikum.

In einem roten, knallengen, 2 Nummern zu kleinen Etuikleid, mit besticktem Glitzer-Dekollete`, welches ihre Riesenmöpse, wie auf einer Kunstauktion zur Schau stellt, schwebt sie an unseren kleinen Tisch.

„Meine Lieben, ich habe euch überall gesucht, hier seid Ihr ja. Als Single will man ja nicht unbedingt alleine speisen," grölt sie in den Speisesaal. Langsam dreht sich Julia noch einmal genüßlich im Kreis, bis auch das letzte Augenpaar an ihrem Superbody eine Fleischbeschau vorgenommen hat. Einige Damen an den Nachbartischen ziehen mit hochgezogenen Augenbrauen, ihre Mundwinkel genervt nach Unten. Andere halten ihren Partnern gezielt die Speisekarte vor das erhitzte, neugierig spähende Gesicht. Weitere Damen ignorieren Julia total, aber ALLE Männeraugen kleben an dem knallroten Glitzer-Dekollete`.

Julia scannt umgehend die allein am Tisch sitzenden Dreibeiner und trifft schon mal eine grobe Auswahl, für die dringend erforderliche Kontaktaufnahme. Wir speisen, klönen, lachen, scherzen und nach dem üppigen Mahl sitzen im nahen Umfeld nur noch 3 Männer alleine an ihren Tischen. Julia ist fest von sich überzeugt und glaubt, daß diese Typen nur auf sie warten, um die Reise in ihrer Gesellschaft zu verbringen. Ein älterer, gepflegter Mittsiebziger steht im Fokus der Suchenden und Julia verläßt unseren Tisch. Sie drapiert ihren grasgrünen Seidenschal locker über ihre runden Schultern und wandelt im Schneckentempo in Richtung des Auserwählten. Direkt neben dem Stuhl des mutmaßlichen Gönners, fällt die Seidenstola von Julias Schultern und landet direkt auf den maßgefertigten Lederschuhen des Opfers. In diesem Moment greift eine mit rosa Fingernägeln manikürte Frauenhand den Schal und legt diesen zurück auf Julias Schultern.

„Schatzi, ich habe meine Wellness-Massage genossen und nun bin ich ausgehungert," sagt eine deutlich jüngere, attraktivere und dezenter gekleidete Frau als Julia, in Richtung des Mannes am Tisch und setzt sich neben diesen. Damit ist Julias Plan1 für heute erstmal ins Abseits gerutscht. Nun wird sie erst einmal bis zum Morgengrauen durch die Bars tingeln, um weiterhin als Kommunikations Botschafterin ihr Netz zu spinnen, in dem sich die einsamen Dreibeiner verfangen dürfen.

Zu unserem Glück frühstücken wir ohne die Schönheit der Nacht. Unsere Vielreiserei beschert uns immer ein geruhsames Frühstück in angenehmer Atmosphäre. Gegen 10 Uhr treffen wir Julia auf Deck 14 im FKK Bereich, als sie sich eine Liege direkt in der Mitte reserviert. Wir haben jeder eine Liege am Außenrand, wegen der Intimsphäre und hoffen, daß Julia nicht zu laut wird, wenn sie mit uns quatschen will. Nackt, mit einer pinkfarbenen Baseballkappe auf den blonden Haaren, die über und über mit tausenden Kristall-Steinchen besetzt ist, drapiert sich Julia auf die Liege. Smalltalk, Sonnencreme auftragen, Buch aufschlagen, der Tag kann kommen. Julia sondiert die allein herumliegenden Dreibeiner und räkelt sich in Position, um Augenkontakte zu suchen. Im FKK Bereich befindet sich eine Toilette und eine Dusche. Wenn einer der anderen Gäste diese mal aufsucht, so geht er nackt, oder mit einem Handtuch umwickelt in dieselben. Nicht so Julia. Sie erhebt, reckt und streckt sich, macht ein paar Yogaübungen und geht dann nackt in Richtung Toilette. Ich traue meinen Augen nicht, als ich ihr hinterher schaue. Julia hatte kürzlich eine Unterleibs OP und trägt täglich einen dicken Tampon im Intimbereich. So weit, so gut und nicht schlimm. Sie hat aber vergessen, das lange Band mit einzuschieben und nun flattert dieses im seichten Wind locker hinter ihren Arschbacken hin und her. Mein Versuch, sie zurück zu holen, scheitert, da sie sich voll auf die männlich bestückten Liegen konzentriert. So wandelt sie bis zur Dusche und kehrt wieder zurück auf ihre Liege. Sie wollte sich also nur einmal im Umkreis bemerkbar machen. Bäuchlings streckt sie sich nun auf der Liege aus und der Bindfaden räkelt sich wie ein Regenwurm auf ihrer rechten Arschbacke. Ich entscheide mich, nun nichts mehr zu sagen. Julia ist alt genug, um auf sich aufzupassen. An so einem Seetag ist eh nicht viel los an Bord und ich bin gespannt, was sich da noch so alles entwickelt auf Deck 14. Einige Köpfe der Anwesenden nähern sich einander an und tuscheln kichernd hinter der vorgehaltenen Hand. Das übersehe mal ganz diskret. Gegen Mittag leert sich das Sonnendeck und viele gehen Essen fassen. Ein fescher, schlanker, gebräunter Mann sitzt Julia gegenüber auf einer Liege. Julia sitzt nun auch auf ihrer Liege, kann den Faden aber nicht sehen, der sich nun vor ihren Schamhaaren auf dem Handtuch wie ein Makkaroni in der Sonne bräunt. Der männliche FKK-ler schaut wie hypnotisiert in Julias Schoß und begutachtet den Bindfaden. Zu gerne würde ich jetzt seine Gedanken lesen. Irgendwie wirkt sein Blick süffisant erheitert, aber auf keinen Fall anmachend. Nach einem Augenblick des

Anstarrens geht auch er in die Mittagspause und Julia flüstert mir zu:

„Wie findest Du den? Der hat mich die ganze Zeit angesehen und ist an mir interessiert. Da bleibe ich mal dran und schnappe ihn mir. Ich habe seine Kabinennummer auf der Bordkarte gesehen und werde da mal vorbei flanieren. So ganz zufällig natürlich."

Nun tut sie mir doch leid und ich sage ihr: „Das Band Deines Tampon schaut raus, klemme es dir mal zwischen die Arschbacken. Es flattert hinter Dir her beim Gehen und nicht jeder steht auf diese Art der Anmache. Oder benutzt Du es etwa als Lasso, mit dem Du die Männer an deinen Body heranziehst?" Julia schiebt ihre Bauchfalten zur Seite, schiebt den Faden in die Scheide und kichert:

„Hat doch keiner bemerkt, ist nicht so schlimm."

Sie zieht sich an, packt ihre Sachen zusammen und geht in den Speisesaal, um ihrem Biß Gesellschaft zu leisten. Wir genießen nun noch ein wenig die Sonne und treffen erst zum Abendessen auf eine leicht agressive, aber irgendwie auch depressive Julia. Sie sitzt allein am Tisch und hat mindestens 3 große Gläser Wein intus. Sofort sprudelt es aus ihr heraus: „Ich komme heute Mittag hier zum Essen rein und setze mich natürlich an den Tisch des Typen vom FKK Deck. Da Oben auf Deck 14 war er doch so interessiert an meinem Körper und da wollte ich ihn natürlich hier besser kennen lernen. Auf meine Fragen zu seiner Person, antwortet er nur ganz kurz und schon fast etwas unhöflich. Auf einmal kommt ein anderer Typ an unseren Tisch, küßt den auf den Mund und schmiegt sich ganz eng an ihn ran. So eine Scheiße, der steht nicht auf Frauen. Ich bin natürlich aufgestanden und habe mir einen anderen Platz gesucht. Wieso flirtet der denn mit mir rum im FKK Bereich, sehe ich etwa aus wie ein Mann? Bestimmt nicht." Julia hebt ihre Doppel D Möpse nach oben, schaut in ihren Ausschnitt und sagt:

„Solche Perlen soll man doch nicht vor die Säue schmeißen. Andere Männer haben sicher auch noch Interesse und die suche ich mir nun." Sie trinkt noch hastig 2 weitere Gläser Wein und ich rate ihr:

„So ist halt das Leben, liebe Julia. Paß Dein Leben der Situation an und erwarte nicht, daß sich die Situation Deinem Leben anpaßt. Dann hast Du keine Erwartungshaltung und wirst auch nicht enttäuscht."

Ich trinke mein stilles Wasser und lausche noch ein wenig dem Gespräch zwischen Zank und Julia. Für diesen Abend hat sie die Nase angeblich gestrichen voll von allen Männern. FKK will sie auch nicht mehr machen und überhaupt, würde sie am liebsten über Bord springen. Wir sehen die Gute tatsächlich erst 4

Tage später wieder. In bester Laune, mit pinker Straßkappe und passendem Minirock, kommt sie Arm in Arm mit einem alten, hageren, haarlosen, verbrauchten, männlichen Wesen an unseren Tisch. „Darf ich vorstellen? Das ist Manfred. Wir haben uns vor 3 Tagen beim Treffen der Alleinreisenden kennen gelernt. Manfred bewohnt die große Suite im oberen Bereich und ich bin spontan bei ihm eingezogen. Wir haben ganz viele Gemeinsamkeiten und quatschen Tag und Nacht," sagt eine selig aus der Wäsche guckende Julia. Da sie neben mir sitzt, flüstere ich ihr ins Ohr: „Der ist dir aber nicht sofort an die Wäsche gegangen, oder?"

Julia flüstert zurück: „Natürlich nicht! Ich bin ihm in seiner Suite an die Wäsche gegangen. So einen tollen Mann kann ich mir doch nicht entgehen lassen." Wenn das man nicht die nächste Arschkarte ist, denke ich mir und gönne ihr das momentane Glück von Herzen. Glücklich ist man doch nicht, wenn man das Beste von allem hat, sondern wenn man das Beste aus allem macht.

Nun bekomme ich täglich neue Infos zu Manfred. „Manfred hat ein großes, tolles Haus und ich soll demnächst für immer bei ihm einziehen.

Manfred will mit mir eine Weltreise auf einem Kreuzfahrtschiff machen. Ich muß nur noch einmal genau abchecken ob er auch alles bezahlt.

Manfred hat eine große Firma und ist ziemlich reich, das reicht dann ja auch für uns Beide. Manfred ist schon 81 Jahre, dann dauert es auch nicht mehr so lange. Ich werde ihn bei Bedarf pflegen und dann die Sau rauslassen. Julia ist euphorisch und so gut gelaunt, wie seit langem nicht mehr. Sie ist mit Manfred voll beschäftigt und wir genießen unsere Reise in aller Ruhe. Wir treffen die Beiden noch einmal kurz vor der Abfahrt und wollen in Kontakt bleiben. Julia zieht bei Manfred ein und steht 1 Woche später heulend vor unserer Haustür. Sie wirkt um Jahre gealtert, gar nicht aufreizend und heult Rotz und Wasser. Ich transportiere sie ins Wohnzimmer, setze einen Beruhigungstee auf und sage:

„Erzähl, ich bin total gespannt auf Deinen Bericht."

Unter Tränen stammelt Julia: „Alles war so toll. Vom Schiff aus sind wir direkt in Manfreds Villa gefahren. Einmalig schön und toll hat er es da. Wunderschöne Möbel, ein prachtvoller Garten und ein mega cooler Pool. 4 Tage lang ist alles gut gelaufen."

„Und dann? Hat er Dich geschlagen? Wurde er plötzlich impotent? Ist seine tote Frau auferstanden? War das Frühstücksei zu hart gekocht?"

Julia schluchzt: „Nein, dann kündigt er eine tolle Überraschung für mich an. Ich denke da so an einen 1 Karäter, ein Auto, oder eine Reise. Es klingelt an der Haustür, ich öffne und werde überrannt. 3 junge Frauen, 4 Männer und 5 grölende Gören rennen an mir vorbei in Richtung Manfred.

„Papa, Opa, da bist Du ja wieder, wie schön, daß Du endlich zurück bist."

„Ich verstehe nicht ganz, was daran so schlimm ist. Was stört Dich an seiner Verwandtschaft? Fehlte noch seine Schwester, oder seine 108 jährige Mutter in diesem Begrüßungskomitee?" frage ich ziemlich erstaunt. „Na hör mal," brüllt Julia los. „Ich werde den Alten doch nicht pflegen und mich aufreiben, damit die dann alles erben."

Das ist natürlich undenkbar. Julia ist halt Julia und so muß sie auch verbraucht werden. Alles wird auf Null gesetzt. Sie gibt weiter ihre Kontaktanzeigen auf und hofft, daß sie ihren passenden Deckel irgendwie und irgendwann doch noch findet.

Viel Erfolg meine Liebe. Die Hoffnung stirbt zuletzt, bleibt abzuwarten, ob Julia sie überlebt.

KAPITEL 11

Sommer an der Ostsee. Das Leben kann so schön einfach sein. Relaxen, Sonne genießen und einfach 5 grade sein lassen. Wenn da nicht diese blöden Pflichtbesuche einen dicken Strich durch die Wahrnehmung machen. Der jährliche Pflichtbesuch unserer Freunde Wölfi und Biggi steht an. Dieser hat bisher jedesmal dazu geführt, daß wir danach monatelang Kontaktsperre hatten. Wölfi ist sehr speziell und man kann nie so genau einschätzen, wo ihn gerade mal wieder der Hafer sticht. Die Beiden bringen bei ihrem Besuch eine junge Russin namens Elena mit. Diese haben sie in ihrem letzten Urlaub auf der Krim kennengelernt und nun zu sich eingeladen. Elena ist 20 Jahre alt, Studentin und hat so ganz gewisse Vorstellungen, von den Marotten der disziplinierten Deutschen.

Die 3 wollen gegen 11:00 Uhr eintreffen und so hat Zank noch viel Zeit, sich mit dem großen Lindenbaum in unserer Parzelle zu beschäftigen. Er sägt ein paar morsche Äste raus, zerkleinert diese und entsorgt das Holz. Auf dem gepflegten Rasen, vor unserem Mobilheim hat sich durch diese Aktion allerdings eine größere Menge Sägespäne angesammelt. Das sieht nicht gut aus und Zank holt den Staubsauger, um die herumliegenden Sägespäne aufzusaugen. In diesem Moment kommt der Besuch um die Ecke und Elena ruft in gebrochenem Deutsch, total entzückt aus: „Oh mein Gott, diese ordentlichen Deutschen, die saugen sogar draußen im Garten den Rasen. Darf ich ein Foto machen? Das glaubt mir Zuhause bestimmt niemand." Elena macht ihre Fotos und wir machen uns vor lauter lachen fast in die Hose. Die Saugaktion wird aufgeklärt und wir begrüßen erstmal unseren Gast mit einem erfrischenden, kühlen Getränk.

Inzwischen ist es 11:30Uhr und schon ziemlich heiß. Das Thermometer geht auf die 28 Grad zu, aber zum Glück weht eine leichte Brise von der Ostsee und es ist wirklich angenehm im Sonnenschein. Wölfi und Biggi sind beide hochmotivierte Kettenraucher und frieren auch noch bei 35 Grad Hitze. Wölfi ist zudem auch noch Alkoholiker, spindeldürr und unerträglich, wenn er seinen Pegel nicht konstant hält. Da er nun an diesem Morgen nur 2-3 Schluck Alkohol intus hat, weil er ja die Autobahnfahrt hinlegen mußte, ist seine Laune im Keller. Er zittert wie ein Parkinsonkranker Mensch im Endstadium und meckert los: „Es ist arschkalt hier bei euch, ich brauche erstmal dicke Socken und eine Wolldecke. Eine Pudelmütze würde mir auch guttun."

Biggi nickt zustimmend und zieht den Reißverschluß ihrer Wolljacke bis ans Kinn. Sie setzt sich die Kapuze auf und haucht sich warme Luft in ihre angeblich eiskalten Hände. Wir kennen diese blöde Nummer schon aus den vorigen Besuchen und ich sage mit hochgezogenen Brauen, freundlich ironisch zu Zank:

„Digger, starte mal den Kombi, ich hole einen Gartenstuhl, dann kann sich Biggi an den beheizten Außenspiegeln des Autos ihre kalten Füße wärmen." Das macht sie gerne und Wölfi, der weiter wie Espenlaub zittert, bekommt einen großen Becher heißen Kaffee gereicht. Er umfaßt den Becher mit beiden Händen und verschüttet zitternd die Hälfte des duftenden Kaffees. Das liegt an der Kälte, nicht am Entzug.

„Demnächst werden wir Euch nur noch Zuhause besuchen, da ist es wärmer," meckert er mich an und betont: „Wir bleiben sowieso nicht allzu lange, Biggi hat Kopfschmerzen und fühlt sich nicht so gut heute." Biggi schaut daraufhin frierend über ihre Schulter in unsere Richtung und bemerkt: „Wir wären die 180 km zu euch wirklich nicht gefahren, wenn ihr uns über die Wetterlage besser informiert hättet."

Mein Kragen ist kurz davor, zu platzen und ich knurre zurück: „Okay, im Nachbarort ist ein Krematorium, ich frage da mal an, ob wir dort im Ofen unseren Grillnachmittag veranstalten können. Es ist jetzt fast 35 Grad hier im Garten, an welche Wohlfühl-Temperatur denkt Ihr denn? Wenn wir wir noch etwas warten, können wir den Fisch in der Handfläche grillen. Wir haben heute morgen schon ganz früh, frische leckere Forellen direkt vom Teich geholt und dazu gibt es einen hausgemachten Kartoffelsalat mit Ei und Gurke."

Gegen 12 Uhr ist der Grill dann durchgeheizt. Elena läßt sich gerade von Zank das aufwendig gestaltete Armaturenbrett des neuen Kombi erklären und Biggi liegt in einem Daunen-Schlafsack im Liegestuhl. Wölfi hat seine Zitterhände in die Hosentaschen geschoben und hängt mit seinem Oberkörper über dem Grill, auf dem die Forellen duftend bruzzeln. „Essen fassen!!!" rufe ich die Frostködel und Technikfreunde an den gedeckten Tisch. Wir machen uns über den frischen Fisch und den gut gelungenen Kartoffel-Salat her. Wir, das sind alle außer Wölfi. Der hat weiterhin eine Hand in der Hosentasche und stochert mit der Gabel in der zweiten Hand im Fisch herum. Er zupft sich ein erbsengroßes Stück aus der Forelle, nimmt es in den Mund und jammert:

„Eigentlich mag ich überhaupt keinen Fisch." „Dann iß den Kartoffelsalat, da ist kein Fisch drin. Letztes Jahr haben wir Bratwürste gegrillt und da wolltest Du Fisch. Ruf doch einfach mal an, bevor ihr kommt und teile mir kurzfristig deine neuesten Vorlieben, betreffs deiner Ernährung mit. Wenn Ihr Euch dann dazu durchringt und über Nacht bleibt, kann ich Dir auch einen Eintopf auf Whikybasis, mit Rumkugeln als Einlage kochen." Elena lächelt leicht verschmitzt in meine Richtung und dann sagt sie: „Da kann ich Dir ein paar gute Rezepte meiner Großmutter geben. Wenn sie kein Gemüse zur Hand hat, werden Opas Schnapsvorräte einfach umfunktioniert. Vodka ist bei uns immer vorrätig und wird innerlich und äußerlich angewendet."

Wölfi will eigentlich etwas erwidern, krümmt sich aber plötzlich und hält sich die Hände vor den Bauch. Er ist leichenblaß und stöhnt: „Mir ist so heiß, ich habe Schweißausbrüche und muß gleich kotzen. Das ist bestimmt eine verdammte Fischvergiftung. Hätte ich doch besser nicht diesen blöden Fisch zu mir genommen, ich will sofort nach Hause." Er springt auf, packt alle Sachen zusammen, läßt Biggi und Elena nicht weiter essen und schiebt die beiden in Richtung seines Autos. Mit durchdrehenden, qualmenden Autoreifen fährt Wölfi davon und für uns ist gegen 13 Uhr 20 Schicht im Schacht. Die drei Besucher sind auf der Autobahn in Richtung Hamburg und auf unserem Grill liegen die leckersten Forellen der Ostseeküste.

„Das war nun wirklich das allerletzte Mal, daß die uns hier besuchen," knurrt Zank und läuft zu den Nachbarn, um sie zum Essen einzuladen. Es wird noch eine lustige Runde. Alle essen die köstlichen Forellen und den Salat, ohne danach irgendwelche Anzeichen einer Fischvergiftung aufzuweisen. Wir können es uns nicht verkneifen, über Wölfi und seine Verschleierung des Alkoholentzugs zu schludern und hoffen nur, daß er nun von selbst drauf kommt, seine Besuche bei uns an der Ostsee in Zukunft zu unterlassen.

Am nächsten Tag ruft Biggi an und teilt uns mit, daß ihr armer Wölfi auf der Rückfahrt nach Hamburg fast verreckt ist, an dem schlechten Fisch.

„Ihr müßt in Zukunft wirklich besser drauf schauen, was für einen Fisch ihr auf den Grill legt," teilt Biggi mir vorwurfsvoll mit. „Mein Wölfi ist ja eh nicht der gesündeste Mensch und so eine schlimme Fischvergiftung haut ihn dann natürlich voll aus den Puschen."

Ob Biggi wirklich glaubt, was sie da von sich gibt? Sie ist Co-Alkoholikerin und voll in Wölfis Sucht integriert. Auf meine Frage: „War der Sterbende denn noch beim Arzt, oder in der Notaufnahme? Es war ja Sonntag Nachmittag, da ist der Hausarzt nicht unbedingt erreichbar," antwortet mir die selbsternannte Mutter Theresia der Alkoholiker: „Nein, natürlich nicht. Wölfi war so gestreßt von der Fahrt auf der Autobahn, da hat er Zuhause erstmal 3 Whisky auf Eis und Ex getrunken. Es ist ja wohl bekannt, daß Alkohol bei Vergiftungen sehr hilfreich ist. Danach ging es ihm ein bißchen besser und nach weiteren 3 Gläsern Vodka, war er fast wieder symptomfrei. Das Zittern war auch weg und die Hitzewallungen lösten sich plötzlich völlig auf."

„Hoffentlich hattet ihr noch genug Notvorräte an Alkohol und Zigaretten im Haus, um den langen Abend zu überstehen." flöte ich mitleidig in den

Hörer. Es tut uns sehr leid, daß ihr durch unsere frischen Forellen so ein versautes Wochenende hattet. Am Besten ist es, wir planen unseren Jahresbesuch im nächsten Jahr bei euch Zuhause ein. Dann kann Wölfi prophylaktisch vorher ein paar Gläser Whisky trinken, um unseren Besuch gesund und ohne Dauerschaden zu überleben."

„Das ist eine gute Idee," sagt Biggi. „Das machen wir so. Dann werden wir auch nicht so frieren, wenn wir in unserem Wohnzimmer bleiben." Ich bestätige die Ansage: „Okay, alles klar, dann bleib gesund und Tschüß bis zum nächsten Sommer. Wir sehen uns dann bei Euch, in Eurem warmen Wohnzimmer."

Das Wohnzimmer der Beiden ist sehr speziell und ich werde mir für den kommenden Besuch einmal eine Sauerstoffmaske zulegen. Wenn ich an den ersten Besuch im trauten Heim der Freunde zurückdenke, überläuft mich gerade ein Gräuelschauer. Wir betreten das Wohnzimmer und sehen einen braunen Wohnzimmer Schrank. Die Grastapeten sind ebenfalls braun. Eine braune Raufaser-Tapete an der Decke, rundet das braune Gesamtbild ab und läßt den Charm einer Zigarettenkiste aufkommen. Wir setzen uns auf das braune Sofa und erwarten einen braunen Kaffee. Der ist aber leider alle und ein großes Glas Cola mit Whisky für Zank (für mich Cola ohne Dröhnung) läßt die Frage aufkommen, ob braun wohl die Lieblingsfarbe des Paares ist. Das kann ich mir gar nicht vorstellen, da die Beiden ja Mitglieder einer Kommunistischen Partei sind. Wir reden aber niemals über Politik, das ist nun mal so abgesprochen und da halten wir uns dran.

Im Wohnzimmer der Freunde, schwebt ein fast unerträglicher Gestank. Eine Mischung aus Teer und Ammoniak legt sich auf unsere Bronchien. Der Teer-Geruch beruht wahrscheinlich auf den 250-300 Zigaretten, die Wölfi und Biggi täglich konsumieren. Der ätzende Ammoniak-Gestank liegt wie eine düstere Wolke über allem im Raum. Wir schauen uns um und registrieren, daß das Ledersofa völlig zerkratzt ist und die Tapeten so an die 50 cm über dem Boden fast abgerissen sind. Mitten auf dem Sofa sitzt Daisy, eine 12 Jahre alte, dreifarbige Katze mit hellblauen Augen. Sie schaut uns an, als wenn wir erstmal einen Sitzplatz bei ihr buchen müssen, um auf dem Sofa Platz zu nehmen. Im nussfarbigen Wohnzimmerschrank liegt im oberen Bord eine große schwarze Katze namens Erich. Der Kater hat jadefarbene, wunderschöne Augen und blinzelt uns aus diesen neugierig an. Biggi sagt:

„Die beiden mögen sich nicht und markieren den ganzen Tag die Ecken und Stuhlbeine mit Urin. Man riecht das aber nicht, wir haben mehrere Duftbäume an der Deckenlampe aufgehängt. „Nee, ist schon klar. Wir riechen nichts, wir liegen fast im Ammoniak-Koma. Meine Bitte, ein Fenster zu öffnen, wird abgelehnt, da Wölfi dann friert. Damit nun ein neutrales Gespräch ohne Streit zustande kommt, sage ich mit Schnappatmung: „Solch einen tollen Nußbaumschrank haben Zanks Eltern auch im Wohnzimmer stehen, ihr habt einen guten Geschmack, wo habt ihr den denn gekauft?"

Wölfi schaut mich an, als wenn ich aus einer Anstalt ausgebüxt bin und belehrt mich umgehend: „Das ist eine weiß lackierte Schrankwand, sieht man doch. Es hat sich über die Jahre nur etwas Tabak darauf niedergelegt, ebenso wie auf der creme farbenen Grastapete und auf der Decke. Das fällt ja kaum auf und darum bleibt das nun auch so. Nussbaum ist ja auch eine schöner Farbton, uns gefällt er total."

„Der schwarze Kater Erich war aber nicht weiß, bevor er zu euch gekommen ist, oder?" frage ich wagemutig in Biggis Richtung. Mit meiner hellen Jeans wage ich es nicht, mich nun auf dem braunen Sessel zu bewegen. Sollte der Nikotinbelag abfärben, sehe ich nach dem Besuch aus, als wenn ich Dünnschiß in die Hose gekackt habe.

„Nein, natürlich ist Erich schon immer schwarz," sagt Biggi mit dem Anflug einer leichten Beleidigung. Nur Daisy ist etwas am hellen Fell nachgedunkelt, das sieht aber gut aus und ihr gefällt es auch."

Wir sind nun seit einer guten halben Stunde in der Besucherzone und die Beiden haben zusammen 8 Zigaretten geraucht. Ich hole meinen Allergie Ausweis aus der Handtasche und zeige den Gastgebern die Zeile, in der steht, daß ich gegen Nikotin allergisch bin. Biggi liest den Hinweis und sagt: „Wir haben keine Allergien, zum Glück dürfen wir rauchen. Das wird schon nicht so schlimm sein, wenn Du mal in etwas Zigarettenrauch sitzt." Der Satz stammt von derselben Biggi, die mir nach meiner Alkoholsucht und dann einsetzender andauernder Trockenheit, einen Eierlikör-Kuchen gebacken hat. Stolz hat sie ihn mir überreicht mit den Worten: „Extra für Dich, ist eine ganze Flasche Eierlikör drin, hat aber nur 25 Vol. Alkoholgehalt, den kannst Du essen."

Es gibt immer wieder Menschen, die haben den Schuß nicht gehört und dazu gehören zweifelsfrei diese beiden Personen. Wölfi trinkt angeblich nur Cola heute und es wundert uns, daß er sein Glas auf Ex austrinkt, mit dem leeren Glas in die Küche eilt und dieses gefüllt wieder auf den Wohnzimmertisch stellt. Nach einer guten Stunde, 16 Zigaretten und 8 Gläsern nur Cola, ist Wölfi so redselig und völlig betrunken, wie ein Penner am städtischen Brunnen vorm Rathaus. Als er mit dem 9. Glas in der Küche verschwindet, folge ich ihm unter dem Vorwand, mal pinkeln zu müssen. Ich sehe, wie er das Glas 3/4 mit

Whisky und 1/4 Wasser auffüllt und schwankend wieder im Wohnzimmer Platz nimmt. Zank nippt noch am 1. Glas herum, mir ist kotzübel vom Gestank und Biggi raucht lieber noch eine Zigarette mit Menthol. Das soll gut für die Atemwege sein. Für meine grad nicht, darum beenden wir nun die gastunfreundliche Runde. Wir verabschieden uns, bedanken uns für den Einblick in ihre Wohnkultur und sind heilfroh, wieder an der frischen Luft zu sein. Wer solche Freunde hat, der braucht keine Feinde mehr. Wir haben uns diese Freunde für dieses Erdenleben selbst ausgesucht? Okay, ich gehe Zuhause gleich mal in eine Meditation und frage beim karmischen Rat an, ob nicht doch noch ein paar Ersatzfreunde für uns bereit stehen. Die Antwort kommt prompt und lautet kurz und bündig: leider NEIN, abarbeiten! Das akzeptiere ich natürlich. Da ich aber meinen freien Willen im Gepäck habe, packe ich eine Spraydose dazu und schleiche mich kurz nach Mitternacht an die weiße Hauswand von Wölfi und Biggi. Ohne schlechtes Gewissen spraye ich in großen Lettern an die Hauswand:

Achtsamkeit ist die Basis für Verständnis........

Kapitel 12

Manche Dinge im Leben kann man einfach nicht ausdiskutieren, die muß man einfach nur mal ausdiskuvögeln. Wenn der Tenor in einer langjährigen Ehe sich auf: ironisch, sarkastisch und zweideutig einpendelt, ist es an der Zeit, die Kommunikation mal wieder runterzufahren und diese auf einen liebevollen Level zu bringen. Da fruchtet der Satz: nicht lange reden, einfach machen nicht so schnell, wenn das Bettgestell und die Matratzen genauso wie die darauf Liegenden, in die Jahre gekommen sind. Diese scheiß Routine blockiert auch vieles. Dann sind da noch die Dinge, die man am Beginn einer Partnerschaft sexy findet und die einem nach jahrelangem ansehen und anhören, nur noch auf die Palme bringen und Bluthochdruck machen. Zank schnarcht wie ein Presslufthammer. Die Lautstärke steigert sich von Jahr zu Jahr und ich bin manchmal nahe dran, ihn von diesem chronischen, nicht enden wollendem Leiden, endlich zu erlösen.

So manche Nacht stehe ich genervt auf, betrete die Küche und greife nach dem scharfen, chinesischen Hackebeil. Das Beil kann sprechen und sagt immer: „Tu es, dann hat er und Du die so ersehnte Ruhe." Jedesmal lege ich das scharfe Gerät zurück und sage:

„Halte deine Fresse Du blödes Beil, ich koche ihm lieber einen Eibentee, oder eine Fliegenpilz-Suppe" und lege mich wieder in die Kuhle meiner durchgelegten Matratze, neben den Schnarchhahn. Zank kann ja nichts dafür, daß er nicht als Hund inkarniert ist. Tiere dürfen nämlich im Bett neben mir laut schnarchen. Wenn ein Hund neben mir liegt und schnarcht, hört es sich für mich an, als wenn ein tibetisches Mantra geläutet wird und ich höre verzückt zu, weil es mich entspannt. Wenn meine Tiere aus dem Garten ins Haus kommen, bringen sie Sand und Gras mit. Das akzeptiere ich und ohne Mecker putze ich alles weg. Kommt Zank mit dreckigen Schuhen ins Haus, wird er zusammengeschissen und darf sich seine Häppchen zur Tagesschau selbst schmieren.

Die Fernbedienung des Fernsehers hat er sich mit Superkleber auf die Handfläche geklebt. Er hat ein Faible für Kriegsfilme, Fußball und liebt es, sich Trommelsolos auf YouTube anzusehen. Das alles ist für mich die Apokalypse und so liege ich meist schon gegen 20 Uhr mit meinem Tablet im Bett. Nach 3-4 Sudokus und rumgegoogle schlafe ich meist tief und fest, wenn der Herr der Fernbedienung sich dann auch zur Ruhe begibt. Ruhe ist für mich angesagt, bis er die Motorsäge anschmeißt und schnarcht. Sein Schnarchen geleitet ihn in tiefe Trance und holt mich aus meiner heraus. Teure Nasenringe haben nichts gebracht, er schnarcht. 15 Kg Gewichtsabnahme haben nichts gebracht, er schnarcht. Nase mit einer Wäscheklammer zudrücken, bis er röchelt, bringt nichts, er schnarcht. Im Laufe der Jahre habe ich so ziemlich alles an Ohrstöpsel ausprobiert, was der Markt so hergibt. Ich vertrage sie nicht, meine Ohren neigen zu Entzündungen, also wird weiter nach Entlastungen gesucht. Neue, arschteure Bandscheiben-Matratzen entlasten zwar die Wirbelsäule, aber Zank schläft noch entspannter und schnarcht dadurch noch lauter. Eigentlich ist ja alles irgendwie zu ertragen, wenn da als Krönung, nicht neulich in der Post dieser bescheuerte Brief vom Finanzamt aufgetaucht wäre:

Wichtige Mitteilung:

Ab sofort werden wir auf guten Sex eine Steuer erheben. Sie zählen zu den Glücklichen und erhalten Geld zurück.

Kontaktieren Sie bitte ihren Sachbearbeiter. Mit freundlichen Grüßen Ihr Finanzamt.

Zank ist empört und gewillt, freiwillig eine Steuer zu zahlen. Wir überlegen, wie man da die Nachweise erbringen muß, damit es auch zu einer steuerlichen Veranlagung kommt. Sollen wir kleine Filme aufzeichnen, reichen Fotos, oder kommt zur Überprüfung auch mal der Sachbearbeiter vom Finanzamt in unser Schlafzimmer? Egal, wie es ablaufen wird, das Schlafzimmer wird zum Arbeitszimmer mutieren und muß erstmal komplett neu gestaltet werden.

Freunde raten uns zu einem Wasserbett. Das soll nicht nur für ein ganz neues Schlafgefühl sorgen, sondern angeblich auch der Libido viel frischen Wind zufächeln. Wir begeben uns also in ein Bettenhaus, welches speziell nur Wasserbetten führt. Die Beratung verläuft, wie alles erstmal ohne Probleme, ganz nach altbekanntem Muster. Wir bekommen uns vor dem kompetenten Verkäufer sowas von in die Plünnen und   blaffen uns an, daß der eine Kollegin herbei ordert und uns mit den Worten übergibt: „Die 2 hassen sich, wie die Pest, verkauf denen mal 2 mit Wasser gefüllte Gummiboote, damit jeder in eine andere Richtung fahren kann."

Hassen? Nö! Wir sind nur 51 Jahre miteinander verheiratet. Wenn man so eine lange Zeit miteinander, hintereinander, nebeneinander und manchmal auch aufeinander verbringt, darf auch jeder eine eigene Meinung haben. Mein Wasserbett soll eine himmelblaue Einrahmung haben und weich sein. Zank will eine schwarzbraune Holz-Umrandung mit einer harten Wasseroberfläche auf seiner Seite haben. Giftig zische ich ihn an:

„Schwarzbraunes Holz kommt mir nur noch als Sarg ins Haus, niemals mehr als ein Möbel, auf das ich täglich drauf schaue."

Zank poltert los: „Hellblau geht gar nicht, das wird doch kein Kinderzimmer." Wir einigen uns halbherzig auf beige bis sandfarbig und ich werde dann später einfach mal ein paar Palmen darauf malen, wenn Zank Montag-Mittwoch-Freitag ins Fitneß-Studio geht.

Die Verkäuferin rät uns, Contenance zu wahren und erstmal eine Schlaf-Bedarfsanalyse zu machen. Mit ihrem neuen Computer-Vermessungssystem für Schlafsysteme ist das in wenigen Minuten erstellt. Mir ist das eigentlich alles total egal. Auf einer geperlten Oberfläche, zur Vermeidung von Quietschgeräuschen bestehe ich aber. Es reicht mir schon, daß Zank schnarcht und furzt, da kann ich auf zusätzliche, quietschende Geräusche gerne verzichten. Wir bekommen eine Einweisung für die Bedienung und legen uns mal für 30 Minuten zur Probe auf das angebotene Wasserbett.

Ich mache im Lotussitz eine kleine Meditation und Zank schläft umgehend ein, ohne zu schnarchen. Der Mini-Badesee wird bestellt und schon nach wenigen Wochen geliefert. Das Bett ist viel zu groß, so daß wir von der Tür direkt auf die Mitte der Matratze springen müssen. Schuldzuweisungen fliegen wir ein Tsunami durch das Schlafzimmer. In diesem Augenblick überlege ich ernsthaft, mir einen Rottweiler zuzulegen und Zank beim Züchter in Zahlung zu geben.

Wir kriegen uns wieder ein und lernen daraus, daß ein zu großes Bett doch besser ist, als ein zu Kleines. Die erste Schlafenszeit naht, ich ziehe mir schon mal meinen neuen, bunten Badeanzug an und wickle mich in ein Badetuch.

„Du erwartest jetzt aber nicht von mir, daß ich meine Segelklamotten anziehe und das Großsegel hisse, oder?" knurrt Zank mich düster an. „Doch, so möchte ich das haben. Wir segeln ab sofort jede Nacht woanders hin und vögeln uns dabei durch die Welt."

Meinen Platz auf der rechten Seite, belege ich mit einem weiß-gelben Pool-Handtuch. Die Bedienungsanleitung hat sich Zank um seinen linken Unterarm gebunden. Gemütlich lege ich mich in Position und stelle meine Nachttisch-Leuchte so ein, daß sie mich voll anstrahlt. Gerade fühle ich mich, wie auf einer Liege im Sonnenschein auf Curacao. Zank stellt auf ON und ich fliege in hohem Bogen über den sandfarbenen Rahmen, direkt vor den Schlafzimmerschrank. „Bist Du total bekloppt?" brülle ich ihn an und und tauche wieder auf an die Oberfläche meines Ozeans. „Das mußt Du aber noch üben."

Zank übt bis 02:35 Uhr und wir sind derzeit von Windstärke 12, bei 7-8 gelandet. Zum Glück hat er aber bisher nicht geschnarcht, das ist doch ein kleiner Erfolg. Damit wir noch ein wenig Restschlaf bekommen, wird die Bedienung ausgestellt und ich bitte Zank, die nette Verkäuferin nochmal zu kontaktieren. Sein Ego läßt das aber nicht zu. Ein Widder-Ego kämpft sich alleine durch die Widrigkeiten der Technik, ohne fremde Hilfe zu suchen.

In den folgenden Nächten, bin ich extrem nah dran, an einem erweiterten Suizid. Das Bett wird auf Windstärke 3 eingestellt und wenn sich nachts jemand dreht, kommt es einem vor, als wenn man durch einen Windkanal treibt. Plötzlich liegen wir nicht neben-, sondern übereinander. Das hat was, denn im Alter hat man es manchmal schwer, das Kamasutra abzuarbeiten und so wird einem schon mal eine Stellung vorgegeben. Auch wenn es dabei nur zu einem Gnadenfick reicht, es ist schon mal ein Anfang und durchaus ausbaufähig.

Zank holt sich dann überraschend doch Hilfe, bei seinem Turnbruder Hardy im Fitneß-Center. Hardy ist Besitzer eines Wasserbetts. Seine Exfrau Marie hat nach der Scheidung nur das Bett zurück gelassen, weil sie Wasser, Seefahrt und alles, was daran erinnert, zum Kotzen findet. Hardy findet den Weg in unser Wasserzimmer und lacht: „Wer hat das denn ausgemessen? Da passen ja 12 Leute drauf."

„Da übernachtet meine Reiki-Gruppe drauf, wenn wir eine Nacht-Meditation machen," informiere ich den Hardy und blinzel ihm zu. „Sie können gerne einmal daran teilnehmen. Um Voranmeldung wird aber gebeten." Harald guckt etwas ängstlich aus der Wäsche und flüstert:

„Lieber nicht, ich glaube nicht an sowas wie Reiki und Meditationen finde ich blöde."

„Okay," erwidere ich leise. „Wenn Sie uns das Bett richtig einstellen, bekommen Sie aber von mir einen Gutschein für ein Seminar fürs Tantra Reiki. Danach finden Sie nicht nur zu ihrem Glauben zurück, sondern Sie werden bei jedem Treffen darin bestärkt. Da können Sie die Übungen in Eurer Fitness Muckibude vergessen. Bei diesen Übungen wird ein Muskel gestärkt, von dem Sie gar nicht mehr wissen, wofür Sie den überhaupt noch nutzen können, außer zum Pinkeln."

„Was ist denn dieses Tantra Reiki?" fragt Hardy den Zank ziemlich neugierig. „Das willst Du gar nicht so genau wissen. Man nennt es auch Kuschel-Reiki," sagt Zank etwas verlegen und guckt mich vorwurfsvoll an. „Das ist bestimmt nichts für Dich, Hardy."

„Machst Du denn da bei sowas auch mit?" fragt Hardy mit weit aufgerissenen, staunenden Augen meinen Ehemann. „Nein, natürlich nicht, Reiki ist nichts für mich und meinen Rücken. Ich mache lieber Gartenarbeit, sortiere die Kieselsteine am und im Gartenteich und zähle die Grashalme. Außerdem will ich nicht, daß mir so junge Frauen beim Tantra Reiki an die Wäsche gehen." „Stimmt," sage ich lachend, „das hat sich aber erst im Alter so eingeschlichen. Vor Jahrzehnten hat er sich noch drum gerissen, daß ihm eine junge Frau an die Wäsche geht." Hardy guckt verstört von Zank zu mir und macht sich daran, uns das Bett zu erklären. Plötzlich funktioniert alles problemlos, wir sind glücklich und freuen uns auf eine erste, ruhige Nacht auf unserem Badesee.

Am nächsten Tag fragt der Hardy den Zank im Fitneß-Studio tatsächlich, wann ich wieder ein Tantra Reiki Seminar veranstalte. Er hat sich im Internet schlau gemacht und ist nun ernsthaft daran interessiert, mit fast 80 Jahren nochmal durchzustarten und seinem Leben mehr Lebendigkeit einzuhauchen. Tantra Reiki zielt darauf ab, unter der Führung des `Höheren Selbst`, alle sexuelle Energie zu führen und umzuwandeln. Das interessiert ihn nun doch sehr. Hardy gibt Zank seine Zusage für das nächste Seminar mit. Das freut mich sehr, denn natürlich werden auch ältere Teilnehmerinnen dabei sein, die dem Hardy liebevoll ins Ohr flüstern:

ein Tropfen LIEBE

ist mehr

als ein Ozean Verstand

..bevor sie ihm an die Wäsche gehen.....

Kapitel 13

n regelmäßigen Abständen, geht meine Schwiegermutter Theresia auf eine Extrem-Shopping-Tour. Dann zieht sie mit ihren Nachbarinnen, Schwägerinnen, Cousinen, mit dem Enkel Gawain, oder ihrem Sohn Zank durch die angesagten Geschäfte und plündert diese. Mit mir ist sie nicht so gerne unterwegs, weil ich durch meine ehrliche Meinung dazu neige, ihr das Event zu versauen. Heute bin ich einmal in ihrem Fokus und darf sie begleiten, weil sich kein Anderer gefunden, oder Zeit hat.

Es ist Anfang Mai, das Wetter ist wunderbar. Angenehm warm, nicht zu heiß und kein Wind weht. Mit meinem offenen Smart Cabrio fahre ich bei der Shopping Queen vor und hole sie ab. Gestylt, als wenn wir zu einem privaten Empfang im englischen Königshaus geladen sind, steigt Theresia in mein Traumauto. Smart zu fahren ist ein Lebensgefühl und ein Smart Cabrio ist eine Reliquie. Manchmal fahre ich auch ganz weit in eine Parklücke hinein, um den folgenden Autofahrern Hoffnung auf einen Parkplatz zu machen. Die Verwünschungen, die sie dann ausstoßen, wenn sie mich und meinen Smarty in der Lücke sehen, gehen mir runter wie geweihtes Öl. Theresia steigt ein und knurrt:

„Mach sofort die Dachluke zu, meine Haare vertragen keinen Wind." Mit so einer Ansage schießt sie sich bei mir sofort ins Abseits. „Dir steht es frei, mit einem Taxi zu fahren, nimm den Bus, benutze ein

Fahrrad, oder gehe zu Fuß. Mein Cabrio fährt mit offenem Verdeck, entscheide Dich. Dein penetrantes Haarspray boostert gerade meine Duftstoff- Allergie. Ich habe bereits ein Antihistamin intus, mehr geht nicht, also nimm mal etwas Rücksicht, auch wenn dieses Wort für Dich wie ein Fremdwort klingt. Mein Auto - meine Allergie - meine Mitfahrstruktur, oder Abpfiff für Dich."

Mit leicht zusammengekniffenen Augen sinkt die Mutter etwas tiefer in den Beifahrersitz und klappt den Seitenspiegel herunter. Sie öffnet ihre sandfarbene, sauteure Hermes Tasche und fummelt im Utensilien Beutel herum. Zum Vorschein kommt ein grellroter Lippenstift, mit dem sie nun beginnt, ihre altersbedingt dünnen, welken Lippen zu dekorieren. Ohne Grund mache ich plötzlich eine Vollbremsung und Theresia schmiert sich eine grellrote Linie quer über ihr unentspanntes Gesicht.

„Da ist ein Silberfisch auf der Fahrbahn und ich muß bremsen, denn ich überfahre nichts, was Augen hat, außer Dreibeiner mit Hühneraugen am Rollator," sage ich zu der empört glotzenden Schwiegermutter. Langsam fahre ich weiter und habe meine Ruhe, denn meine Beifahrerin hat alle Mühe, den wasserfesten Lippenstift aus ihren Runzeln zu entfernen. Mein innerer Schweinehund hält sich gerade den Bauch vor Lachen. Shopping ist nun mal das Herz-Kreislauf-Training der Theresia, sei es ihr gegönnt.

Im Lieblingscenter der Shopping Queen ist schon richtig was los und wir steuern schnurstracks auf den teuersten Laden zu. Am Eingang begrüßt uns eine strohblonde, stark überschminckte, aufgebrezelte Fachverkäuferin. Sie nimmt Theresia in den Arm und drückt sie, wie eine verlorene, lang gesuchte Mutter.

Küsschen links, Küsschen rechts, Komplimente über Komplimente runden die Show ab. Wenn ich nicht genau wüßte, daß ich meine Schwiegermutter begleite, würde ich denken, einen bekannten Showstar an meiner Seite zu haben. „Gibst Du gleich noch Autogramme?" frage ich sie und bleibe 2 Meter hinter den Beiden zurück, da mir das Getue ziemlich auf den Nerv geht. Im Verkaufsraum zieht uns die Verkaufsmaus sofort an die Regale mit den teuersten Modellen in den kleinsten Größen. Ich halte mich etwas zurück und beobachte das Prozedere aus sicherer Entfernung. Theresia blüht auf, wie eine Rose von Jericho, diese Wüstenrose, wenn sie ins Wasser gefallen ist. Nach einem langen, aufwendigen Beratungsgespräch, schwebt Theresia mit einem Arm voller `Mode für gut Betuchte ` in Richtung der Umkleidekabinen. Ein lederner, schwarzer Ohrensessel, auf dem die zahlungskräftigen Begleiter sich eigentlich niederlassen, mutiert nun zu meinem Meditations Stuhl. Darauf lasse ich mich nieder und atme erst einmal den Streß weg. Nach kurzer Zeit fließt mein Atem ruhig, ich bin extrem entspannt und genieße diesen Moment.

Alles ist gut...bis ein mörderischer Schrei aus Theresias Umkleidekabine mich rabiat ins Hier und Jetzt zurückholt.

„Oh, mein Gott, ich passe nicht mehr in Größe 32+ hinein, ich muß sofort abnehmen," dringt das Stöhnen einer Sterbenden aus der Kabine. Aus der Nachbarkabine kommt mit aufgerissenen Augen, eine mollige, etwa 20 Jahre jüngere Seniorin als Theresia, gestützt auf ihren Rollator, schlurfend in den Gang und sagt genervt:

„Also nein, Sie ticken doch nicht richtig, Ihre Probleme würde ich gern zu Meinen machen."

Die Verkaufsmaus eilt herbei und bringt alle Designerstücke nochmal in Größe 34+ und beruhigt ihre zu fette Stammkundin, mit an den Haaren herbeigezogenen, fadenscheinigen Komplimenten. Natürlich gebe ich auch meinen Senf dazu und frage Theresia ironisch:

„Wie wärs, wenn Du Deinen angeblich zu fetten Arsch abends mal vom Sofa hebst und Dich mit mir zum Nordic-Walking auf den schlanken Weg begibst? In der oberen Etage ist ein Sportgeschäft, dort können wir Dich gleich einkleiden."

„Niemals, das ist überhaupt nichts für mich. Bei jedem Wetter draußen rumlaufen und dann auch noch an Stöcken. Da sieht man ja alt aus, sowas kann ich mir gerade noch ersparen. Mach Du das man schön alleine." Mache ich auch und denke wieder einmal daran, daß ich Theresia auch in Zukunft keine Bösartigkeit unterstelle, wenn Dummheit bei ihr als Erklärung ausreicht.

Sie probiert weiterhin die größeren Modelle an und die nette Verkäuferin wittert schon `fette Beute´. Die bekommt sie auch, als wir mit vollen Taschen und einer stöhnenden Kreditkarte den Laden verlassen wollen. Die Verkäuferin rutscht noch einmal auf Knien vor Theresia zum Ausgang und fragt mich: „Ist denn für Sie so gar nichts dabei in unserer neuen Kollektion? Wir haben auch wunderschöne Teile in Größe 40 dabei."

„Danke, ich trage XXL, weil ich dieses angesagte Preßwurst-Feeling nicht leiden kann und mein Shop liegt im Souterrain. Der Second Hand Laden hat in spätestens 4 Wochen all diese Sachen im Fenster, die meine Schwiegermutter gerade hier gekauft hat. Es sei denn, sie hat das alles nicht vorher schon an ihre Putzfrau, oder Fußpflegerin verschenkt. All die Sachen benötigt sie nämlich gar nicht. Die Aufmerksamkeit, die Sie ihr eben haben zukommen lassen, hätte gereicht, um ihr Ego neu einzukleiden und erstrahlen zu lassen."

Meine Schwiegermutter lächelt zustimmend, denn sie hat ihre Hörgeräte im Smart liegen lassen. Sie ist der Meinung, ohne diese wesentlich jünger auszusehen und Komplimente kann sie ja sowieso von den Lippen ablesen.

Wir ziehen weiter. Wie in jedem Jahr, müssen neue weiße Pumps, weiße Sandalen und weiße Sandaletten an die Füße. Das ist auch so eine Sache, die ich nie verstehen werde, denn egal wieviel Gewicht ich zulege, oder abnehme, Schuhe passen doch immer. Die kann man doch auch noch im zweiten Jahr tragen, zumal dann, wenn so an die 350-400 Paar im Haus herumstehen. Laut Theresia geht das nicht und neue Weiße müssen her. Alle mit einem 5 cm Absatz, weil die wackelige Diva sonst nach Hinten wegkippt. Wir kommen am Schuhgeschäft an und gleich links neben dem Eingang finde ich meine flachen Zehenlatschen in der Größe 38, hellorange mit grünem Knopf. Gekauft ohne Anprobe, dafür habe ich keine Zeit, denn die Seifenoper in mehreren Akten beginnt und ich bin die Souffleuse. Theresia hat ja weiterhin keine Hörgeräte in den Ohren und ich winke einen jungen Verkäufer heran zur Beratung. Er kommt zu uns und fragt freundlich in Mutters Richtung: „Was kann ich für Sie tun, meine Damen?" Bei der einsetzenden Antwort verläßt ihn sein freundliches Lächeln und sein Gesicht wandelt sich in ungläubiges Erstaunen.

„Nichts, junger Mann, rein gar nichts können Sie tun. Schicken Sie sofort eine Frau her, die Ahnung von schönen, weißen Schuhen hat und gehen Sie doch in die Kinderabteilung und bedienen Sie dort."

Leise flüstere ich ihm zu: „Sie ist alt, böse, schwerhörig, dement und übelst gelaunt. Schicken Sie uns gern eine Kollegin her, die Sie hassen und freuen Sie sich, daß Sie aus der Nummer raus sind." Er lacht, geht zum Kassen Tresen und macht eine ältere, dunkelhaarige, korpulente Kollegin auf uns aufmerksam. Sie nähert sich und begrüßt uns mit einem rostig, frostigen: „Tach auch, was suchen Sie? Mal etwas freundlich Buntes für den Sommer?" Ihre Stimme klingt, als wenn sie 2 Flaschen Whisky intus hat und ihr Busen sieht aus, als wenn sie 2 Medizinbälle verschluckt hat. Da Theresia sie nicht verstanden hat, nickt sie zustimmend, lächelt blöde und sagt: „Ja, zeigen Sie mir bitte mal Pumps, Sandalen und Sandaletten in meiner Größe 37,5."

Bevor ich darauf hinweisen kann, daß ausschließlich WEISS in Frage kommt, ist die Verkäuferin schon im Lager verschwunden. Kurze Zeit darauf, kommt sie mit einem Rollcontainer zurück, auf dem so ca. 90 Paar Schuhkartons stehen. Sie öffnet die ersten Kartons und präsentiert vor Theresia wunderschöne, bunte Schuhe, flach oder mit Absatz.

„Sind Sie total bescheuert? Ich habe weiße Schuhe verlangt, nur Weiße kommen in Frage, weil Weiß jünger macht," meckert sie die verblüffte Verkäuferin an und verlangt nach einem Stuhl, weil ihr Kreislauf angeblich absackt. Die Verkäuferin schaut mich an, kneift ihre Augen zu kleinen Schlitzen zusammen, läßt ihre Lefzen leicht nach unten kippen und knurrt: „Das kam bei mir leider nicht an. Ich hole jetzt eine Ladung weiße Schuhe. Um !8 Uhr schließen wir den Laden, wenns länger mit ihrem Einkauf dauert, müssen Sie aber Miete zahlen."

Theresia lächelt nicht zurück und sagt zu mir: „Hol den Mann wieder her. Die Alte mag mich nicht, ich will die jetzt nicht als Verkäuferin haben." Ich mag Dich auch nicht, denke ich und sage: „Jeder mag Dich, wenn Du hier mit vollen Taschen rausgehst, rollen Sie Dir beim nächsten Einkauf den roten Teppich aus. Der junge Mann ist nun anderweitig beschäftigt, die kompetente Dame wird das hier zu Ende bringen."

Die Schuhfrau kommt mit neuer, weißer Auswahl und Theresia probiert, probiert und probiert. Sie verlangt nach einer Tasse Kaffee und probiert erneut, um nach einem Stückchen Kuchen zu fragen. Den ißt sie zum Kaffee und probiert weiter an, bis sie dann endlich 3 Paar Pumps, 3 Paar Sandalen und 2 Paar Sandaletten kauft. Alle in Weiß mit 5 cm Absatz, wie geplant. Die schweißgebadete Fachverkäuferin ist im

Stadium der absoluten Urlaubsreife angekommen und vermerkt:

„Bitte rufen Sie einen Tag vorher an, wenn Sie einen neuen Einkauf planen, damit ich mir den Tag frei nehmen kann."

Der junge Verkäufer steht grinsend an der Kasse und bedankt sich bei mir für die Warnung. Die Angestellten im Schuhgeschäft versammeln sich, um das Chaos der weißen Schuhe wieder in geordnete Bahnen zu sortieren und werden in der Nacht bestimmt weiße Albträume erleben. Wenn Weiß wirklich jünger macht, warum färbt Theresia ihre weißen Haare dann eigentlich immer Kastanienrot?

wer weiß schon so genau, warum

WEISS nicht immer weiß ist

Ich weiß es nicht

Kapitel 14

Jeder kennt den Klabautermann, bekannt auch als Klabattermann, oder Kalfatermann. Der meist unsichtbare Kobold, treibt sich als Schiffsgeist in den Lagerräumen der Schiffe herum. Er ärgert die Matrosen, warnt aber auch den Kapitän bei Gefahr. Wenn ihm danach ist, wirft er schon mal mit Brettern um sich, oder er relaxt unter der Ankerwinde. Sein Schabernack ist bekannt und im seemännischen Aberglaube verankert. Im Aberglauben unserer Familie hat sich ebenfalls ein Klabautermann integriert. Bei uns im trauten Heim, spielen sich oft Situationen ab, die nicht unbedingt irdischen Ursprungs sind. Hat der Schiffsgeist etwa Verwandte, die sich an Bord eines Kreuzfahrtschiffes in unser Gepäck geschlichen haben? Spulen die Kobolde nun die Schabernack Nummer bei uns Zuhause ab?

Zank hat heute Geburtstag und ich stehe extra um 04.30 Uhr auf, um nach meiner morgendlichen Meditations Routine den vielseitigen, geburtstaglichen, hübsch gedeckten Frühstückstisch vorzubereiten. Müsli, Joghurt, hausgemachte Marmeladen, frisches Obst und Säfte für Zank. Mein hefe- und glutinfreies Körnerbrötchen mit Kokosöl und Salz, liegt etwas frustriert auf seinem Teller. Daneben steht mein geliebter Hafermilch Kaffee und schaut auf die leckere Irische Butter und die frische Erdbeer- Marmelade mit Bourbon-Vanille. Meine Allergie gegen Vanille verbietet mir den Genuß und Butter wollen meine Osteoporose Knochen nicht, wie auch keine anderen

Milchprodukte. Das ist aber nicht so schlimm, es gibt tolle Frühstücks Alternativen für mich. Ich habe Leberwurst und Cabanossi aus Linsen im Reformhaus entdeckt und die sind wirklich saulegga als Brotaufstrich. So hat Jeder etwas Feines, ganz passend zum jeweiligen Dosha. Das ist eine Bezeichnung aus dem Ayurveda und bedeutet: Etwas, das Probleme bereiten kann. Zank ist Kapha und ich bin ja überwiegend Pitta. Zank hat 0 Allergien, er kennt das Wort nicht einmal und dafür habe ich einen Allergiepaß, der das alte Testament wortmäßig in den Schatten stellt. Ich sehe das aber als Gnade, denn durch die Allergien werden viele Giftstoffe von mir fern gehalten, die ich sonst aufnehmen würde.

Zank will endlich frühstücken und ich hänge ihm ein übergroßes Lätzchen um den Hals. Das reicht bis über seine Knie, denn er kleckert beim Essen wie ein Kleinkind. Er bekommt seinen Kaffee heute mal mit Sahne serviert und darf einen Strohhalm benutzen. Dann verabschiede ich mich nochmal kurz ins Bad, um meine Lockenwickler zu entfernen. Mit Lockenwicklern am Geburtstagstisch, das muß heute mal nicht sein.

„Ach du große Scheiße, was ist denn nun los?" höre ich das Geburtstagskind in der Küche laut krakelen. Mit noch 3 Wicklern eile ich sofort in die Küche, um nachzusehen, was passiert ist. Der Tresen, auf dem die Kaffeemaschine steht, ist klitschnaß.

„Was machst Du denn hier für einen Akt?" meckere ich los. „Dein Kaffee steht doch schon auf dem Tisch neben Dir, wieso stellst Du die Maschine wieder an?"

„Du blöde Kuh, halt bloß die Klappe, ich sitze hier immer noch eingewickelt am Tisch und war gar nicht am Tresen. Das Ding ging eben von ganz alleine an, da steht ja auch gar keine Tasse drunter. Warum soll ich die anstellen? Ich war das bestimmt nicht," quakt der Zank zurück.

„Dann haben wir wohl Besuch aus dem Jenseits, der mit dir frühstücken möchte," entgegne ich und wische das heiße Wasser vom Tresen.

„Erzähl bloß keinen Quatschkram hier," stöhnt Zank unter seinem Lätzchen und will davon absolut nichts wissen. Soweit, so gut..........bis dann 2 Stunden später Gawain reinschaut, um seinem Erzeuger zum Geburtstag zu gratulieren und ihm alles erdenklich Gute zu wünschen. Wir sitzen zu Dritt am Tisch und klönen über das Liebesleben der Pflastersteine bei 160 Grad senkrechter Sonnenbestrahlung und über Fußball. Beim Thema Fußball falle ich wie gewohnt, nach 1 Minute in ein desinteressierten Koma. Da bleibe ich, bis die beiden Tischgenossen zum Kaffeemaschinen Vorfall am Morgen kommen. Ich klinke mich wieder ein und erzähle den Part noch einmal aus meiner Sicht. Sohn Gawain sagt genervt: „Du immer mit Deinen blöden Spuki Geschichten, das war bestimmt nur ein Kurzschluss, oder etwas Ähnliches."

„Nein, das war Opa Gustav, er wollte mit Papa mal Kaffee trinken, um ihm zum Geburtstag zu gratulieren und mit ihm Klönen." sage ich total überzeugt. Die beiden Dreibeiner sehen mich erneut von Oben herabschätzend, ziemlich genervt an. In diesem Moment fliegt eine metallene Suppenkelle aus dem Utensilien Behälter, welcher 2 Meter von uns entfernt steht, direkt in unsere Richtung und landet zwischen unseren Füßen auf den Fliesen.

„Also, ich war das nicht, zaubern kann ich auch nicht, dann muß das wohl wieder ein Kurzschluss sein, diesmal da, wo keine Steckdose vorhanden ist, oder?" frage ich die entsetzt dreinschauenden Männer am Tisch.

„Hallo Gustav," sage ich nun zu der am Boden liegenden Suppenkelle. „Nimm Platz und klöne mit deinen Jungs über Fußball, ich räume derweil schonmal auf."

Zank stehen die Haare zu Berge und Gawain schaut entsetzt auf die Suppenkelle, die noch auf den Fliesen liegt. Ich hebe sie auf und lege sie auf den Tisch, damit die Drei besser kommunizieren können. „Was habt ihr denn für ein Problem? Es ist doch toll, wenn Opa auf diese Weise auf sich aufmerksam machen kann. Nun bezieht ihn mal in eure Gespräche mit ein und laßt es einfach zu, daß zwischen Himmel und Erde nicht alles mit Google zu erklären ist."

Ob es nun Opa Gustav, oder der Klabautermann ist, wer will das schon schon so genau wissen. Ich nutze diese Frequenzen fast täglich in Situationen und in meinen Meditationen. Meine Fragen, die ich der geistigen Welt stelle, werden beantwortet, egal ob es ein verlorener Schlüssel, vergessene Namen, oder sonstige, alltägliche Dinge sind…..

Wir kommen von einer langen Reise zurück und stehen vor unserer verschlossenen Haustür. Den Hausschlüssel finde ich nicht. In keiner Tasche, nicht im Rucksack, wir sind am verzweifeln. Der Sohn arbeitet und kann nicht kommen, weitere Ersatzschlüssel sind nicht vergeben. Wir packen die Koffer auf dem Rasen vor dem Haus vollkommen aus und finden die Schlüssel nicht. Zank ist inzwischen stinksauer auf mich, weil ich natürlich mal wieder für die Dinge verantwortlich bin, die aus dem Ruder laufen.

„Frag doch mal da Oben an, ob einer weiß, wo die verdammten Schlüssel sind," mault er mich an. Mit hochgezogenen Brauen maule ich zurück: „Ach nein, jetzt sind plötzlich welche da Oben, wenn ich das behaupte, wird es immer weg gegrinst. Okay, aber ich mache das jetzt einfach mal."

Wir sehen nochmal alles durch, ohne Erfolg und ich setze mich auf einen Koffer. Ägyptische Haltung, Gassho, ein kleines Gebet und ich bitte meinen Torwächter, mir die Callingcard zu zeigen. Kurz darauf vibriert mein Kronenchakra, ich bin online und frage nach dem Schlüssel. Als Antwort ist nach kurzer Zeit in meinem Kopf:

„Du trägst ihn am Leib."

Das erzähle ich Zank und wir überlegen. Wo soll der Schlüssel denn am Leib sein? Im BH ist er nicht. Als Zäpfchen trage ich ihn auch nicht bei mir. Die Jackentaschen sind genau so leer wie die Hosentaschen.

„Los, frag nochmal an," sagt Zank und ich mache alles nochmal von vorn. Die Antwort ist identisch mit der ersten Antwort. Ich trage den Schlüssel am Leib. Nun meditiere ich kurz und dann schnappe ich mir meinen kleinen, ledernen Rucksack. Ich habe total vergessen, daß in seinem Inneren ein kleines Geheimfach ist, das nicht so einfach zu sehen ist, wenn man ihn öffnet und durchsucht. Darin finde ich die Hausschlüssel und habe gerade das Gefühl, daß die sich vor Lachen in meinen Händen kringeln. Zank ist hin, weg und total begeistert.

„Los, sag deinem Flüsterer-Typ jetzt mal ein Danke von mir und ich werde niemals mehr zweifeln, wenn du von Oben was erzählst," sagt ein glücklicher Ehemann. Das mache ich gerne und bedanke mich in der geistigen Welt, auch im Namen von Zank. Auf diese Weise können wir nun weitere, unangenehme Situationen gemeinsam erledigen, indem ich ohne Zanks Naserümpferei, Infos von meinem Torwächter einhole. Erst kürzlich treffen wir bei unserem Wochenend-Einkauf einen älteren Mann, der freundlich grüßt: „Hallo Dieter, wie gehts?" sagt und meinem Zank auf die Schulter klopft. Ich kenne den Herrn nicht und stehe etwas abseits und warte. Zank druckst herum, lächelt den Mann an und sagt:

„Hallo, hallo, wie gehts denn selbst?" Die Beiden schnacken ein paar Sätze, verabschieden sich von einander und wir bringen unseren Einkauf zum Auto.

„Das war ja eine peinliche, blöde Nummer eben," sagt ein geknickter Zank zu mir. „Das war ein Arbeitskollege von früher, glaubste etwa, der Name fällt mir noch ein? Ist total weg, sowas ist ja wirklich doof." Mitleidig schaue ich in sein Gesicht und sage dann scherzend: „Da ich den gar nicht kenne, kann ich Dir auch nicht helfen, aber ich kann ja einmal Oben anfragen, aber nur, wenn Du es möchtest." „Woher soll der da Oben den denn kennen, aber wenn Du willst, mach es mal," sagt mein doch noch etwas mißtrauischer Mann. Wir bleiben noch auf dem Kundenparkplatz stehen, ich mache mein Ritual und frage nach dem Namen von Zanks soeben beim Einkauf getroffenen Kollegen.

„Peter Brüning," dieser Name ist ziemlich schnell in meinem Kopf und ich teile ihn Zank mit. Der guckt mich total blöde an, verschluckt sich an seinem Eis und quietscht:

„Jaaaa, das war Peter. Wie geil ist das denn. „Demnächst kannst Du das immer sofort machen, wenn mir etwas nicht einfällt, das ist ja wirklich total cool."

„Das werde ich ganz bestimmt nicht machen. Du kannst gerne etwas Sudoku, oder Gehirntraining auf andere Art machen. Diese Art der Kommunikation mit Oben ist mir heilig und so etwas Wunderschönes und ganz Besonderes, das mache ich nur, wenn mir danach ist. Wenn Du nicht weißt, ob Du Kacken, oder nur Pinkeln möchtest, kannst Du eine Münze schmeißen. Laß es uns weiterhin als etwas ganz Schönes sehen." Zank stimmt zu, aber wir kommen doch nicht drum herum, ziemlich oft an der Himmels-pforte zu klingeln, wenn etwas Verlorenes gesucht wird, oder uns Dinge nicht einfallen, die uns wichtig sind.

mach Deine Möglichkeit einfach zur Realität

es macht Spaß, viel Erfolg

Kapitel 15

Reisen und gut Speisen. Das ist mit Sicherheit auf einem Kreuzfahrtschiff nicht ganz auszuschließen. Man hat die freie Wahl, am Büfett oder in den Spezialitäten Restaurants, seine Kleidergröße zu boostern und Diäten für eine zeitlang über Bord zu schmeißen. Nach der Reise, kann man dann einen Rettungsring auf der Hüfte, als Souvenir mit nach Hause tragen und eine Diät machen, bis zur nächsten Reise.

Zank und ich fahren öfter mal auf einem Kreuzfahrschiff und haben uns ein Punktekonto angelegt. Früher, in meiner Kindheit gab es bei Tante Emma im Laden ein Rabattmarken-Buch und da hat man die gesammelten Rabattmarken eingeklebt. Wenn das Buch voll war, durfte ich mir immer für die eine Mark fünfzig, ein Paar Buntstifte, oder Süßigkeiten kaufen. Auf dem Punktekonto des Kreuzfahrtschiffes sammelt man Seemeilen und wenn man die Stufe Gold erreicht hat, gibt es einige, tolle Überraschungen an Bord. In den Stufen davor, hat man auch schon einige Vergünstigungen, aber das tolle Frühstück gibt es erst ab Stufe Gold. Dieses dürfen wir während der gesamten Reise in einem der Restaurants einnehmen, welches dann auch nur für die Goldkunden und Suiten-Gäste reserviert ist. Alles läuft sehr gediegen, ruhig und wie in einem Wohlfühl Programm ab. Zum Frühstück wird dann schon Champagner serviert, zu den beliebten Kaffeesorten und täglich zaubert die Küche eine tolle

Leckerei zusätzlich, die es in den normalen Büfett-Restaurant nicht gibt. Am liebsten gehe ich mit Zank schon beim Frühstück meiner Lieblings-Beschäftigung nach. Die anderen Gäste einmal anschauen und raten, wieviele Seemeilen, die wohl zusammengefahren haben und wo die wohl schon überall auf der Welt waren.

Die Gäste sind so unterschiedlich, wie die Wellen, die an unserem Schiff vorbei gleiten. Die Stillen, unauffällig gekleideten, sympathisch rüberkommenden, nett zu den Kellnern sprechenden und in Ruhe nach dem Frühstück den Raum verlassenden Gäste, sind meist die am weitesten Gereisten. Die trifft man dann oft auf einer Liege in einem ruhigem Bereich an Deck wieder und kann mit ihnen kommunizieren, ohne daß die umliegenden Passagiere ungewollt das Gespräch mit anhören müssen. Die mag ich.

Andere führen sich auf, wie in einer Seifenoper und es fallen schon mal die Sätze: „Das Omelett können Sie wieder in die Küche bringen. Die Eier sind einem unglücklichen Huhn aus dem Hintern gekrochen. Man spürt die tiefe Traurigkeit im Eigelb sowas esse ich nicht." Dieser Gast winkt dann auch noch nach dem 3. Glas Champagner den Kellner heran und sagt: „Der Champagner ist 1 Grad zu warm, ich habe Blähungen davon bekommen. Nun lasse ich mir gleich beim Bordarzt eine Darmspülung machen. Die Rechnung übernimmt der Service hier, weil Sie so unaufmerksam sind." Den Hummer-Snack von der Spezialitäten Liste des Tages, hat er sich heute morgen gleich 4 x geordert, davon probiert und 3 Teller zurückgehen lassen. Er konnte den nicht essen, weil der europäische Hummer darin von den Azoren stammt und nicht sein so geliebter Maine-Hummer ist.

Seine Begleiterin muß einen Bandwurm haben. Auf ihrem Teller liegen 5 Brötchen. Sie hat zusätzlich 2 Paar Würstchen und 1 Omelett geordert und bittet noch um 2 Becher Müsli. Neben Konfitüre, Honig, Wurstaufschnitt und Käse, stehen 3 Becherchen Lachs und 2 mit Geflügelsalat vor ihr. Ein großer Teller ist mit Tomaten, Gurke und Blutwurst dekoriert. Ich blicke von ihrem Tisch hoch und möchte einmal in ihr Gesicht und auf ihren Körper schauen. Ein Riesenschreck durchfährt mich vom Scheitel, bis in die Zehenpitzen. Sie sieht so aus wie meine Ex-Freundin Gitta. Spindeldürr und so faltig wie ein ungemaches Bett und eine Stimme hat sie, wie ein Reibeisen. Mit dieser faltet sie den Kellner zusammen, weil der schwarze Kaffee, den sie bestellt hat, keine Fairtrade Sorte ist und sie Kaffeebauern nicht ausbeuten will. Der Kellner holt ihr ein Glas Earl Grey Tea mit Bergamotte angereichert.

Die Legende sagt, daß ein Bediensteter des Earl Charles Grey, (1764-1845) einen Mandarin in China vor dem Ertrinken gerettet hat. Zum Dank bekam dieser das Rezept für den Tee geschenkt. Der Tee wird von der falschen Gitta akzeptiert und nun ohne weitere Beanstandung restlos ausgetrunken.

Dann sind da noch die Alleinunterhalter. Sie kommen nie zuerst ins Restaurant, sondern erscheinen, wenn sie genügend Publikum um sich herum haben. Eine 40 jährige Liftingnase, auf 20 getrimmt, schwebt mit ihrem 80 jährigen Begleiter, der seinen seidenen Designerpulli über die Schultern drapiert hat, an den Frühstückstisch. Das Paar kommt gerne so gegen 8 Uhr, wenn schon viele Tische belegt sind. Sie in High Heels und gestylt, als wenn sie Ehrengast einer Beauty-Talkshow ist. Sie wird am Arm des Moderators geführt und auf dem Weg vom Eingang bis zum Tisch, erfährt das Publikum bereits Näheres zum Einkommen, Haus, Auto, Pferd und Doktortitel des Herrn Wichtig. Die Kellner müssen vollen Einsatz zeigen. Stuhl unter den Hintern schieben. Champagner vor dem Kaffee und auch danach servieren. Kaffee geht zurück, eine Bohne war schlecht und die Sahne ist zu gelb. Die Eier dürfen nur von männlichen Hühnern gelegt sein und die Brötchen müssen eine karierte Kruste vorweisen. Das Schwarzbrot muß mindestens 150 Körner am Rand haben und bitte die Trüffelbutter für den Lachs etwas erwärmen. Er futtert normale Portionen und sie trinkt einen schwarzen Kaffee. Auf einem Tellerchen schneidet sie sich 4 Gurkenscheiben in hundert kleine Würfel und zieht sich daran hoch. Sie ist halt nur sein

Aushängeschild. Er zahlt die Reise und sonnt sich in ihrer Model-Aura. Wenn wir diese Spezies später an Deck irgendwo sehen, machen wir einen Bogen drum herum. Meist sitzen sie aber 12-16 Stunden an irgendeiner Bar herum und plaudern mit ihrem Fake-Lächeln über ihre alleinige Wichtigkeit mit Gleichgesinnten. Kopf einschalten ist halt nicht so einfach. Das ist so ähnlich, wie bei einer Lampe. Die kannst du so oft einschalten, wie du willst. Wenn da keine Glühbirne drin ist, wird sie niemals leuchten.

Beim Frühstück treffen wir auf viele ,richtig nette Menschen, wie die Oma Puhvogel. Sie kommt ganz langsam am Rollator daher, hat ein weißblau gestreiftes Shirt mit einem Anker auf der Brust an und hinter ihr schlurft ihr Ehemann in hellbraunen Sandalen mit bunten Kniestrümpfen daher. Beide winken dem Kellner ab und bedienen sich selbst. Sie essen sich durch die Leckereien, ohne daran etwas auszusetzen und genießen den Tag. Die beiden sitzen tagsüber irgendwo im Schatten an Deck und spielen Karten, oder Kniffeln bis zum Abendessen und gehen dann Punkt halb 8 zur Prime-Time. So unauffällig wie sie sind, so lieb sind sie auch. Sie wissen genau:

Das Leben bewahrt man sich nicht auf, man genießt es auch auf einem Kreuzfahrtschiff, denn es ist viel zu kurz für: IRGENDWANN.

Nicht irgendwann, sondern hier und heute kommt zum Frühstück einmal außerplanmäßig der Schnapswagen um die Tische gefahren. Geschoben von der Alkohol Managerin Karin und dem Alleinunterhalter Jogi. Die beiden sind gut drauf und singend jubeln sie den Gästen jeweils 3-4 angebliche Gesundmacher, schon vor dem Frühstück über die Zunge. Die Begeisterung an den Tischen ist riesig und der Weinbrand, Eierlikör, Whisky oder Champagner findet umgehend seine Anhänger. Sie rollen an unseren Tisch und schwenken lachend die Flaschen, aber nur solange bis ich verlaute:

„Ich bin Alkoholikerin und 29 Jahre trocken. Mich erreichen Sie mit diesem Angebot leider nicht, Danke." Das habe ich extra sehr laut gesagt. Nun schauen alle Anwesenden mitleidig auf unseren Tisch. Die Alkohol-Dealerin Karin hat ein Problem mit meinem Outing, sie sagt:

„Oh, mein Gott wie traurig, ich wünsche Ihnen *trotzdem* einen schönen Tag."

Sie tut mir echt leid, denn als Managerin muß sie wohl den Umgang mit Alkoholikern noch einmal üben. Ich lächle ihr zu und sage höflich:

„Den schönen Tag werde ich ohne Ihr TROTZDEM haben, denn wenn ich nicht saufe, geht es mir ausgesprochen gut. Die andere Seite möchten Sie bestimmt hier und heute nicht miterleben." Jogi lächelt mir zu und schiebt den Schnapswagen an den nächsten Tisch.

Einige Gäste an den Nachbartischen, nicken mir nun anerkennend zu. Gerade von Einigen hätte ich das nicht erwartet, aber ich weiß ja, daß in fast jeder Familie so ein saufender, oder trockener Alien wie ich schlummert. Jeder darf so sein, wie er ist und das ist ja auch gut so. Gerade diese Vielfältigkeit, macht das Reisen ja so interessant. Gesichter sind wie Landkarten des Lebens. Man kann sich darin einlesen und viel über die gelebten Situationen und angelaufenen Destinationen erfahren. Wenn mal ein Dekadent an meinem Tisch, oder nebenan sitzt, mache ich auf Dement und lächle so still, wie das Wasser, welches im Glas vor mir steht.

lebe im Mittelmäßigkeit

und genüge Dir

hab keine Traumschlösser im Visier

die Kleinigkeiten am Wegesrand

halten oftmals das Glück in der Hand

harmonisch zufrieden in Liebe leben

die Mittelmäßigkeit wird Dir

inneren Frieden geben

Du hast Deinen Platz im Leben

füll ihn aus in Mittelmäßigkeit

Du wirst täglich neu erleben

Du schaffst so viel in Deiner Zeit

Kapitel 16

Visualisiere Dir das

Schwimmen mit Delfinen 1

Lies den Text durch und dann laß alles wie einen Film vor Dir ablaufen. Schöner ist es, wenn eine andere Person Dir den Text vorliest und du dann alles visualisiert. Viel Spaß und Freude daran.

Suche dir einen ruhigen Ort aus. Setze dich in einen bequemen Sessel, oder lege dich hin.

Mache es dir bequem, ruckel noch einmal nacheinander alle Glieder zurecht, lass alles los und schliesse deine Augen.

Wenn Gedanken aufkommen, beobachte sie, wie Wolken am Himmel, lasse sie an dir vorbeiziehen, bis sie ganz klein und dann ganz und gar verschwunden sind.

Atme ein paarmal bewusst ganz tief ein und noch tiefer wieder aus. Mit jeder Ausatmung sinkst du tiefer und tiefer und immer tiefer in die Entspannung.

Vor deinem geistigen Auge ist ein wunderschönes, rundes Tor im hellen Sonnenschein zu sehen. Du gehst langsam hindurch, Schritt für Schritt, setzt du einen Fuß vor den anderen. Du kommst hindurch und befindest dich an einem menschenleeren, wunderschönen Strand. Schaue dich einmal um. Die Sonne kitzelt deine Nase und du fühlst dich einfach nur wohl.

Du trägst ein luftiges Outfit aus kühlender Baumwolle und gehst langsam barfuß vor dich hin. Spüre den warmen, feinen Sand unter deinen Füssen, spüre den Wind ganz sanft im Gesicht, höre das Rauschen der seichten Wellen und die Schreie der Möwen. Nun rieche und schmecke auch das Salzwasser. Nimm mit allen Sinnen deine Umgebung wahr.

Du fühlst dich ganz leicht, unbeschwert, frei und glücklich. Erlaube dir einfach mal, einfach nur zu SEIN. Wenn sich dir andere Emotionen zeigen, nimm sie an. Das, was du fühlst und siehst, ist immer richtig und gut. Du lernst daraus.

Lege deine Bekleidung ab und laufe nackt in das Wasser wenn du es möchtest. Du kannst auch einen Badeanzug oder eine Badehose anziehen, mach es so, wie es dir gefällt.

Tauche ein und verbinde dich mit dem Wasser. Fühle die Einheit, die Verbindung, du bewegst dich wie ein Delfin. Du bist ein Delfin. Gleite ruhig und spielerisch dahin.

Du bist im Hier und Jetzt, du spürst die Verbindung zu Allen und Allem. Du kannst loslassen, dich hingeben und dem Fluss des Lebens anvertrauen. Lasse immer mehr los. Du fühlst dich frei, stark, und aufgehoben. Du wirst immer begleitet und beschützt. Dieses Wissen ist tief in dir verankert.

Höre die wunderbaren, harmonisierenden Klänge und Geheimnisse des Meeres. Du schwimmst und spielst mit deinen Delfin-Geschwistern. Ihr tanzt fröhlich in den Wellen und seid vergnügt.

Du fühlst dich leicht, fröhlich und lächelst dir innerlich auf allen Ebenen zu.

Delfine sind Meister der Kommunikation. Du kommunizierst achtsam, freudvoll und klar. Verständnis ist dir wichtig.

Du bist ein Lichtträger und Lichtbringer. Erinnere dich an dein Licht und an all deine Fähigkeiten. Du spürst intuitiv, dass du so viel mehr bist. Du bist stark, kraftvoll und gelassen gehst du deinen Weg.

Du kennst das Licht und den Schatten, die Leichtigkeit und die Tiefe der Meere. Niemand kann sagen, ob etwas gut oder schlecht ist. Urteile nicht. Bewerte nicht. Erwarte nichts. Passe dein Leben der Situation an und erwarte nicht, dass sich die Situation deinem Leben anpasst. In Frieden zu sein mit dem, was ist, ist so sehr heilsam. Sieh auf das Verbindende, auch dort, wo etwas scheinbar getrennt ist.

Schau einmal hin, wie die Sonnenstrahlen das Wasser golden verfärben. Dieser Anblick ist magisch, er berührt deine Seele.

Sieh dich nun als Mittelpunkt in diesem goldenem Licht. Erinnere dich daran, dass du hier bist, um zusammen mit wundervollen anderen bewussten Wesen und Menschen in Frieden zu leben.

Geniesse dein Sein als Delfin. Geniesse das Wasser. Genieße…genieße…genieße.
Schwimme nun langsam zurück ans Ufer. Im seichten Wasser legst du dein Delfinkleid ab und steigst wieder als Mensch aus dem Wasser. Die

warmen Strahlen der Sonne trocknen dich liebevoll ab und du ziehst deine Kleidung wieder an.

Bedanke dich nun einmal bei den Delfinen und ihrer wunderschönen Energie, mit der du dich jederzeit verbinden kannst. Gehe nun langsam, Schritt für Schritt am Strand zurück, bis du das schöne, Tor erblickst, tritt heran und trete hindurch.

Mache ein paar tiefe Atemzüge. Atme tief ein und noch tiefer aus. Noch einmal tief einatmen und ganz tief ausatmen. Spüre, wie weit dein Brustkorb geworden ist und wie wohl du dich gerade fühlst. Diese wunderbare, heilsame Energie der Delfine durchflutet jede deiner Zellen mit heilsamer Energie.

Komme zurück ins Hier und Jetzt. Spüre deinen Körper. Nimm alles wahr, ohne es zu bewerten. Alles darf und kann sein, nichts muss sein, alles ist genau richtig und gut.

Wenn du bereit bist, aber erst dann, öffne deine Augen und folge deiner Wahrnehmung. Vielleicht möchtest du dich recken und strecken, lachen, weinen oder gähnen… Vielleicht möchtest du auch einfach noch in der Stille verweilen. Mach alles in deinem Rhythmus.

Visualisiere Dir das

Schwimmen mit Delfinen 2

Suche dir einen ruhigen Ort aus. Setze dich in einen bequemen Sessel, oder lege dich hin.

Mache es dir bequem, ruckel noch einmal nacheinander alle Glieder zurecht, laß alles los und schließe Deine Augen.
Wenn Gedanken aufkommen…beobachte sie, wie Wolken am Himmel, lasse sie an Dir vorbeiziehen, bis sie ganz klein und dann völlig verschwunden sind.

Atme ein paarmal bewusst ganz tief ein und noch tiefer wieder aus. Mit jeder Ausatmung sinkst Du tiefer und tiefer und immer tiefer in die Entspannung.

Bei jedem Ausatmen läßt Du nun Deine Anspannung, Sorgen und den Alltag los. Bei jedem Einatmen kehrt Ruhe und Frieden in deinen Körper ein. Dein Atem wird immer ruhiger und immer tiefer. Die Last des Alltages fällt völlig von Dir ab und Du kehrst ein in einen Zustand von Ruhe und Harmonie.

Stelle Dir einmal vor, dass Du in einem Boot sitzt, mitten auf dem wunderschönen, blauen Meer.
Dein Atem wird nun immer ruhiger.
Du ruderst ganz langsam und gelassen über das Wasser. Die seichten Wellen lassen Dein Boot ganz leicht schaukeln und Du schaust über das sich

ständig verändernde Wasser. Spüre hinein in die Unendlichkeit und Du weißt in diesem Moment: Das Einzige, was Bestand hat, ist die Veränderung.

Du genießt den Geruch und den Geschmack auf deinen Lippen. du bist sooooo ruhig. Ganz weit von Dir entfernt, entdeckst Du einige Delfine. Du siehst, wie sie durch das Wasser schwimmen, springen und spielen, wie kleine Kinder. Du schaust ihnen eine Weile zu und erfreust Dich an dem zauberhaften Anblick der Delfine. Immer weiter ruderst Du nun auf die Delfine zu.

Dein Boot bewegt sich ganz langsam und ruhig in ihre Richtung. Du kommst immer näher an sie heran. Die Delfine wissen schon es schon lange, dass Du zu ihnen unterwegs bist. Sie haben Dich schon lange erwartet. Deine Ankunft ist für sie alle ein tolles Erlebnis und sie freuen sich sehr.

Langsam bewegst Du Dich nun aus Deinem Boot hinunter ins Wasser. Du schwimmst auf die Delfine zu, die schon so lange auf Dich gewartet haben. Du gesellst Dich zu ihnen und sie nehmen Dich in ihre Mitte, sie nehmen dich auf in ihre Familie.

Ganz gespannt hörst Du ihnen nun zu, hörst ihr singen und lachen und hörst, was sie Dir über ihre Aufgaben und ihr Leben im Meer erzählen.
Du genießt diesen Moment total, hier bei ihnen zu sein in ihrer Mitte.

Gemeinsam schwimmt ihr nun nebeneinander, vor- und hintereinander durch das warme Wasser. Du hast Dein Herz und Deine Seele geöffnet und Dich mit den Delfinen verbunden.

Spüre nun, wie sich Dein Herz immer weiter und weiter öffnet. Du spürst nun ganz intensiv, dass Du mit den Delfinen auf allen Ebenen, in tiefer Liebe verbunden bist.

Genieße diesen Augenblick.

Nimm ihre ganze Liebe tief in Dir auf. Du spürst die Liebe der Delfine zu Dir, zu Allen und Allem. Du spürst die tiefe Liebe zu den Menschen und zu allen Tieren, Pflanzen und Lebewesen auf diesem Planeten. Du spürst die tiefe Liebe zu Allen und Allem in diesem Universum.

Sende diese Liebe jetzt weiter zu Allen und zu Allem. Sende diese Liebe jetzt ganz gezielt zu DIR in DEIN Herz und von Deinem Herzen aus strömt diese Liebe nun in jede Deiner Körperzellen. Spüre beim jedem einatmen, wie deine gesamtem Körperzellen sich so gut und gesund und völlig heil anfühlen.

Genieße diesen Augenblick noch eine Weile, bevor Du wieder gemeinsam mit deiner Delfin-Familie zu Deinem Boot schwimmst. Sie alle begleiten Dich zu Deinem Boot und Du steigst vorsichtig wieder ein.

Voller Liebe schaust Du noch einmal zurück zu den Delfinen und bist von Herzen dankbar. Du bist dankbar dafür, dass Du all das Wunderschöne soeben erleben durftest und ruderst ganz langsam mit Deinem Boot zurück in Richtung Strand.

Du genießt noch einmal den Wind in Deinem Haar und den Geschmack des Meeres auf Deinen Lippen.

Du kommst an den Strand und verlässt Dein Boot. Setze Dich noch ein wenig in den warmen Sand und schau auf das Wasser, wo Du in der Ferne Deine Delfin-Familie siehst.

Voller Liebe kehrst Du, dann wenn Dir danach ist, zurück ins Hier und Jetzt.

Du bist beschützt, behütet und frei.

Kapitel 17

Visualisiere Dir einen

Spaziergang am Südseestrand

Suche dir einen ruhigen Ort aus. Setze dich in einen bequemen Sessel, oder lege dich hin.

Mache es dir bequem, ruckel noch einmal nacheinander alle Glieder zurecht, lass alles los und schliesse deine Augen.

Wenn Gedanken aufkommen, beobachte sie, wie Wolken am Himmel, lasse sie an dir vorbeiziehen, bis sie ganz klein und dann völlig verschwunden sind.

Atme ein paarmal bewusst ganz tief ein und noch tiefer wieder aus. Mit jeder Ausatmung sinkst du tiefer und tiefer und immer tiefer in die Entspannung.

Bei jedem Ausatmen läßt Du nun Deine ganze Anspannung, Sorgen und den Alltag los. Bei jedem Einatmen kehrt Ruhe und Frieden in deinen Körper ein. Dein Atem wird immer ruhiger und immer tiefer. Die Last des Alltages fällt völlig von Dir ab und Du kehrst ein in einen Zustand von Ruhe und Harmonie.

Du gehst über den weißen, warmen Sand eines Südsee-Strandes und bist unterwegs zu Deiner Lieblingspalme. Es ist noch sehr früh am Morgen und Du fühlst die sanfte Sonnenwärme wie zarte Küsse auf deiner Haut. Ein leichter, Wind weht durch Dein Haar und erfrischt Dich. Leise plätschert die Brandung. Du beobachtest, wie die Südsee-Wellen helle, schimmernde Lichtreflexe auf dem weißen Meeresboden tanzen lassen. Das klare Wasser leuchtet intensiv türkisgrün und hebt sich vom strahlenden, tiefblauen Himmel ab.

Große und kleine Palmen stehen vereinzelt am Strand. Du erblickst einige hellgrüne Büsche und unterschiedliche tropische Pflanzen mit farbenprächtigen Blüten. Eine dieser Blüten fasziniert Dich, denn sie leuchtet besonders schön. Du gehst darauf zu, um sie näher anzuschauen.

Ein wundervoller Duft fängt Dich ein, umhüllt Dich und genußvoll atmest Du diesen Duft ein. Nun wanderst Du ganz langsam zur sanft plätschernden Brandung hinunter und läßt Deine Füße vom klaren Meerwasser umspülen. Die Sonne wärmt Dich und Du fühlst Dich wohl und geborgen.

Jetzt bist Du bereit, ein Bad zu nehmen. Du tauchst ein in das Wasser und fühlst Dich wohlig warm, behütet und getragen. Herrlich erfrischend umgibt Dich das leuchtende, klare Wasser. wenn Du möchtest, tauche ganz darin ein, das Wasser trägt und erfrischt Dich.

Öffne nun unter Wasser die Augen, Du siehst die hellen Lichtreflexe am Meeresboden und das sonnendurchstrahlte, türkisblau-farbene Wasser. Direkt über Dir bricht sich das Sonnenlicht auf den seichten Wellen. Gerade umschwimmen Dich kleine, bunte Fische, Du siehst wunderschön gewachsene Korallen in allen Farben und auch viele bunte Wasserpflanzen.

Auf dem Meeresboden entdeckst Du jetzt eine besonders schöne und große, beigefarbene Muschel und tauchst danach. Mit dieser Muschel schwimmst Du zum Ufer, gehst geruhsam an Land und geradewegs auf Deine Lieblingspalme zu. Erfrischt und wie gereinigt läßt Du Dich unter der Palme nieder und betrachtest die Muschel in deinen Händen. Du hältst sie an Dein Ohr und lauschst dem leisen, singendem Brausen darin.

Die Sonne durchwärmt Dich und Du genießt die Schönheit der Südsee, die Dich in diesem Augenblick ganz einhüllt. Ein Gefühl sonniger Wärme und tiefer Zufriedenheit erfüllt Dich.

Du bist in diesem Moment wunschlos glücklich.
Atme nun langsam tief ein und aus, nimm die Umgebung wieder genauer wahr.

Du kommst jetzt wieder zurück ins Hier und Jetzt. Du bewegst Deine Finger und Zehen und öffnest deine Augen.

Kapitel 18

Visualisiere Dir einen

Aufstieg zum Tempel im Himalaja

Suche dir einen ruhigen Ort aus. Setze dich in einen bequemen Sessel, oder lege dich hin.

Mache es dir bequem, ruckel noch einmal nacheinander alle Glieder zurecht, lass alles los und schließe deine Augen.

Wenn Gedanken aufkommen, beobachte sie, wie Wolken am Himmel, lasse sie an dir vorbeiziehen, bis sie ganz klein und dann völlig verschwunden sind.

Atme ein paarmal bewusst ganz tief ein und noch tiefer wieder aus. Mit jeder Ausatmung sinkst du tiefer und tiefer und immer tiefer in die Entspannung. Die Last des Alltages fällt mehr und mehr von Dir ab und Du kehrst ein in Ruhe und Harmonie. Du befindest Dich im Zustand vollkommener innerer Stille.

Du wanderst seit Tagen im Himalaja-Gebirge herum und fühlst eine tiefe Verbindung zur Natur. Hier in der Schönheit der Bergwelt, in der Klarheit und Frische findest Du den lang ersehnten Frieden.

Die Weite des tiefblauen Himmels wirkt befreiend auf Dich und Du atmest tief durch. Im goldenen Licht der Morgensonne steigst Du nun zum Gipfel des Berges hinauf.

Mit einer Mütze, Handschuhen und warmer Bekleidung, wanderst Du langsam über schneebedeckte Flächen, die das Sonnenlicht hellweiß reflektieren. Du hast den Eindruck, durch pures, gleißendes Licht zu gehen.

Leichtfüßig wanderst Du weiter hinauf und ein intensives Wohlfühl-Gefühl umgibt Dich. Zu Deinen Füßen funkeln und glitzern unendlich viele Schneekristalle und jeder Schritt sinkt weich in den frischen Schnee ein.

Noch ein kleines steiles Stück und Du bist auf dem Berggipfel angekommen. Du bist geblendet von der wunderschönen, lichtdurchfluteten Schönheit, die Du hier hoch oben über den Wolken vorfindest.

Auf diesem Berggipfel erhebt sich ein prachtvoller indischer Tempel. Schimmernd weiß wie eine Perle, scheint er aus dem Schnee herauszuwachsen, er ist wunderbar verziert mit zauberhaften Ornamenten, Rundbögen und Säulen, gekrönt von einer hohen Kuppel, die majestätisch in den Himmel emporragt.

Mit einem Gefühl von Ehrfurcht und Respekt steigst Du die weißen Stufen des Portals hinauf und betrittst leise den Tempel. Der hohe Innenraum ist sehr klar und schlicht gestaltet. Du wirst in einer Atmosphäre der Reinheit und Stille eingebettet. Hoch über Dir blickst Du in die Kuppel des Tempels, deren Spitze von einem riesengroßen Kristall gebildet wird.
Durch diesen Kristall fällt nun das Licht der Morgensonne wie ein gebündelter Strahl in die Mitte des Tempels hinunter. In diesem fluoeszierenden Lichtstrahl läßt Du Dich zur Meditation nieder.

Das Sonnenlicht strahlt hell auf Deinen Scheitel und mit einem tiefen Atemzug öffnest Du Dich dem weißen Licht, welches Dich innerlich reinigt. Dein Kopf ist vollkommen wach und klar, von gleißendem Licht durchstrahlt. Du nimmst die Kraft und Klarheit Deines Geistes wahr, der sich in grenzenlosen Weiten auszudehnen vermag, frei von Raum und Zeit.

Sanfter, tiefer Frieden erfüllt Deinen Körper. Du ruhst in Dir wie in einer leuchtenden Knospe der Stille. Voller Dankbarkeit verläßt Du den Tempel wieder und bleibst im klaren Bewußtsein des Friedens. Von oben betrachtest Du die weiße Wolkendecke und die hohen Gipfel der Himalaja Berge.

Atme langsam tief ein und noch tiefer aus.

Nimm Deine Umgebung wieder genauer wahr. Langsam, in Deinem ganz eigenen Rhythmus kommst Du zurück ins Hier und Jetzt.

Du bewegst nun Deine Finger und Zehen und öffnest deine Augen.

Meine Notizen zu meinem schönsten
Seetag...